TÂN AR Y COMIN

TÂN AR Y COMIN

T. LLEW JONES

Gomer

Argraffiad Cyntaf – Mehefin 1975
Adargraffwyd – 1978, 1981, 1985, 1991
Argraffiad Newydd – Rhagfyr 1993
Adargraffwyd – 2006, 2012, 2013

ISBN 978 1 85902 039 5

Dymuna'r cyhoeddwyr gydnabod cymorth
Adrannau'r Cyngor Llyfrau Cymraeg.

Argraffwyd yng Nghymru gan
Wasg Gomer, Llandysul, Ceredigion SA44 4JL

PENNOD I

Eisteddai'r hen sipsi, Alff Boswel, ar siafft ei garafán, yn ceisio sbio trwy'r tywyllwch o'i flaen. Disgynnai'r glaw yn ddidrugaredd ar ei wyneb, ac fe redai dros ei war i lawr ei gefn o dan ei grys carpiog. Fe deimlai mor oer â thalp o rew. Fflachiodd mellten fforchog ar draws yr awyr gan oleuo'r wlad i gyd. Yn ei golau, gwelodd yn union o'i flaen, ar y chwith, hen fwthyn Glanrhyd. Gwyddai wedyn ei fod yn nesu at y tir comin yn ymyl yr afon, lle gallai aros dros nos, heb gael ei erlid gan neb.

Roedd ef wedi bod y ffordd honno ugeiniau o weithiau yn ystod ei oes hir. Ar y darn comin wrth ymyl yr afon, roedd Sara, ei ferch, wedi marw ar enedigaeth plentyn. Dim ond dwy-ar-hugain oedd hi pan fu farw, a chan mai hi oedd ei unig ferch, a channwyll ei lygad, nid oedd yr hen Alff wedi gallu maddau i'r Drefn am ei dwyn mor ifanc oddi wrtho.

Ar ôl colli Sara roedd yr hen ŵr wedi mynd yn greadur sarrug ac anghyfeillgar. Pan geisiai rhywun ddweud gair caredig wrtho, fe fyddai'n siŵr o gael ateb cas, anghwrtais ganddo. Ac o dipyn i beth fe gefnodd y sipsiwn eraill arno, gan ei adael yn llonydd i fynd ei ffordd ei hun.

Ond er bod Alff wedi chwerwi pan fu farw ei ferch, roedd e wedi magu'r baban yn dyner. Roedd e wedi bod yn dad ac yn fam i blentyn Sara—sef Tim—a gysgai'n dawel y funud honno y tu mewn i'r garafán. Fel roedd e unwaith yn meddwl y byd o'i ferch, roedd e nawr yn meddwl y byd o Tim, ei ŵyr pedair-ar-ddeg oed.

Roedd e wedi ei weld yn tyfu'n fachgen cryf, er mai un bychan o'i oed oedd e, ac roedd e wedi dysgu holl ddoethineb y sipsiwn iddo. Gallai Tim wneud basgedi o wiail glan-yr-afon bron cystal â'i dad-cu, ac fe allai osod magl ar lwybrau'r cwningod yn y coed a'r caeau. Ac fe allai farchogaeth ceffylau. Roedd hynny yn well na dim ganddo!

Roedd y gaseg yn llusgo'i thraed, ond ni fynnai Alff roi'r chwip ar ei gwar. Fe wyddai'n iawn na ddylai hi ddim bod yn tynnu'r garafán o gwbwl, a hithau'n disgwyl ebol unrhyw funud. Dechreuodd feddwl am y gaseg. Roedd e wedi ei phrynu oddi wrth y dyn hwnnw yn nhafarn y Royal Oak yn Llanbedr Pont Steffan. Roedd e wedi meddwl llawer am y dyn hwnnw. Ai lleidr oedd e, wedi dwyn y gaseg? Pam roedd e wedi gadael iddi fynd am bris mor isel? Roedd y cwestiwn wedi poeni llawer ar Alff Boswel ar hyd y blynyddoedd. Fe wyddai Alff pan welodd hi gyntaf erioed, ei bod hi'n werth o leiaf bedair gwaith mwy nag oedd y dyn wedi'i ofyn. Yna, roedd y dyn wedi dweud nad oedd e ddim am weld y creadur o gwmpas tre Llanbedr byth wedyn. Ar y telerau hynny roedd e'n gadael i Alff ei chael, meddai ef. Roedd hynny wedi gwneud iddo amau'n fwy fyth mai wedi dwyn y gaseg roedd y dyn. Bu'n petruso am dipyn ynglŷn â'i phrynu. A fyddai ef yn dod i drwbwl gyda'r polîs pe bai'n ei chymryd?

Ond roedd hi wedi bod yn ormod o fargen i Alff ei gwrthod, ac roedd e wedi mynd â hi.

Roedd e wedi bwriadu ei gwerthu am broffid da dros ben yn Ffair Caerfyrddin neu Lanymddyfri. Yn wir, un waith roedd e wedi mynd cyn belled â Ffair Aberhonddu gyda'r bwriad o gael gwared ohoni fan honno—yn ddigon pell o Lanbedr.

Ond doedd e ddim wedi gwerthu'r gaseg. Am bymtheng mlynedd roedd e wedi ei chadw, a doedd neb erioed wedi ei gyhuddo o'i dwyn na neb wedi dod i'w hawlio. Roedd e wedi syrthio mewn cariad â'r creadur, ac roedd Sara yn ei hanner addoli. Ac wedyn, wrth gwrs, roedd yr hogyn wedi dod. Ac yn fwy na'i gariad ef ei hun, neu Sara, tuag at y gaseg, roedd cariad y bachgen a gysgai'r funud honno yn y garafán.

Ond yn y diwedd, meddyliodd Alff, roedd hi wedi talu'n well iddo gadw'r gaseg na'i gwerthu, oherwydd roedd hi wedi magu deuddeg o ebolion braf, a oedd wedi dwyn pris da yn y ffeiriau bob tro.

Bellach roedd y gaseg wedi mynd yn hen; ac eto— yfory neu drennydd—byddai'n rhoi iddo un ebol arall, y trydydd-ar-ddeg.

Fflachiodd mellten felen arall ar draws yr awyr. Yn ei golau gwelodd ei fod wedi gadael hen fwthyn Glanrhyd o'r tu ôl iddo, a'i fod yn awr wedi cyrraedd y bont dros yr afon. Y tu draw i'r bont fe gâi roi gorffwys i'r hen gaseg—ar y comin lle bu ei deulu ef yn aros yn awr ac yn y man ers dros gan mlynedd.

Uwchlaw sŵn y gwynt a'r glaw, a sŵn yr olwynion, gallai glywed yn awr sŵn yr afon. Gwyddai wrth y berw gwyllt o dan y bont fod llif ynddi. Dechreuodd ofni. Weithiau, ar ôl glaw mawr, byddai'r afon yn codi dros y tir comin. Cofiodd fod carafán un o'r Lovells, flynyddoedd yn ôl, wedi cael ei symud gan y llif yn ystod y nos o'r comin i ganol y ffordd fawr! A oedd hi'n ddiogel i fynd lawr i'r comin wrth ymyl yr afon a'r fath lif ynddi? Wel, meddyliodd, nid oedd ganddo ddewis, oherwydd ni allai ef na'r gaseg fynd gam ymhellach y noson honno.

Aeth y garafán dros y bont a throi i'r dde. Yng ngolau'r fellten nesaf gwelodd yr hen Alff y comin o'i flaen. Yr oedd yn wag, a theimlai'n falch nad oedd sipsiwn eraill wedi cyrraedd yno o'i flaen. Roedd yn well ganddo gael y comin iddo'i hunan na gorfod gwrando ar eu rhegfeydd a'u cweryla. Trodd ben y gaseg o'r ffordd fawr.

Bron cyn i sŵn bygythiol y daran ddistewi yn y pellter, fflachiodd mellten arall ar draws yr awyr. Gwelodd Alff Boswel nad oedd llif yr afon wedi codi eto dros ddaear las y tir comin.

'Wo-ho!' meddai'n floesg.

Stopiodd y gaseg ar unwaith, fel pe bai wedi bod yn disgwyl yn hir am y gorchymyn hwnnw.

Yr oedd esgyrn yr hen sipsi'n boenus trwyddynt, ac fe garai allu mynd y funud honno, trwy ddrws y garafán i'r cysgod y tu mewn iddi. Ond gwyddai y byddai rhaid iddo dynnu'r gaseg yn rhydd o'r tresi cyn troi i'w wely. Fe garai pe bai'n gallu rhoi bwcedaid o geirch iddi cyn ei gadael yn y glaw. Ond byddai rhaid iddi fodloni ar flewyn glas o lawr y comin y noson honno.

Disgynnodd i'r llawr yn anystwyth a phoenus. Beth oedd yn bod arno? Roedd e'n hen, wrth gwrs. Ond roedd rhywbeth arall . . . y boen yn ei ochr oedd wedi bod yn ei flino ers amser bellach ac a oedd wedi gwaethygu'n ofnadwy yn ystod y misoedd diwethaf.

Yng nghanol y glaw a'r tywyllwch, aeth ati i dynnu'r gaseg yn rhydd. Rhoddodd ei law ar ei hystlys a theimlodd gyffro'r bywyd newydd oedd y tu mewn iddi. Yna tynnodd ei law'n dyner dros ei thrwyn gwlyb. Gweryrodd hithau'n isel, a cherdded o'r siafftiau a dechrau pori'n awchus.

Safodd Alff am funud yn y glaw. O'r fan honno roedd sŵn yr afon yn uchel ac yn fygythiol. Disgwyliai am y fellten nesaf er mwyn iddo allu gweld ei ffordd i fyny eto i'r garafán. Cyn bo hir fe ddaeth y fellten, a diffodd mewn amrantiad. Ond roedd yr hen sipsi wedi gweld y step. Dringodd yn araf i fyny. Agorodd y drws yn ofalus. Cripiodd i mewn yn ddistaw o'r storm a chau'r drws ar ei ôl. Nid oedd angen golau arno yn awr. Aeth at ei wely'n ddiolchgar a gorweddodd arno yn ei ddillad gwlyb.

Tynnodd anadl o ryddhad o gael gorwedd i lawr o afael y glaw a'r gwynt. Clustfeiniodd. Roedd Tim, yn y gwely arall, yn anadlu'n ddwfn ac yn rheolaidd. Roedd e'n cysgu'n drwm.

O, roedd e wedi blino! Beth oedd yn bod arno? Unwaith eto gofynnodd y cwestiwn yna iddo'i hunan. Ers dyddiau bellach roedd ofn wedi cydio ynddo. Fe wyddai fod rhyw afiechyd mawr arno. Y tu mewn iddo yn rhywle roedd rhywbeth wedi mynd o'i le. A oedd ei amser wedi dod? A oedd e'n mynd i farw?

Ond nid oedd arno ofn marw, meddyliodd. Yn wir, roedd cymaint o flinder yn ei gorff y funud honno, fel y byddai'n dda ganddo gael y gorffwys hir sy'n dod gyda marwolaeth. Ond Tim! Beth a ddigwyddai i'r hogyn pe bai rhywbeth yn digwydd iddo ef?

Wedi gorwedd yno am dipyn fe deimlodd y gwres yn dechrau llifo'n ôl i'w gorff. Ond wedyn fe ddechreuodd rhyw gryndod gydio ynddo. Fe dynnodd ddillad carpiog y gwely dros ei gorff. Ond daliai i grynu wedyn. Roedd y blinder mawr fel rhyw boen hanner-melys trwy ei gorff i gyd. Ac eto ni allai fynd i gysgu. Clywodd sŵn ffyrnig yr afon yn llifo heibio, a thybiodd unwaith iddo glywed y gaseg yn gweryru'n isel.

Aeth oriau heibio, a chiliodd y mellt a'r taranau, ac eto roedd Alff Boswel ar ddi-hun. Erbyn hynny roedd e'n gwybod fod ei amser wedi dod.

PENNOD II

Roedd hi'n ddydd glân pan ddihunodd Tim Boswel. Edrychodd at wely ei dad-cu. Roedd yr hen ŵr wedi tynnu'r dillad dros ei ben ac nid oedd dim ond ei wallt brithlwyd yn y golwg. Ond edrychai fel pe bai'n cysgu'n dawel.

Cododd Tim ac agorodd y drws. Daeth sŵn yr afon yn uchel i'w glustiau cyn gynted ag y rhoddodd ei ben allan. Ond roedd y glaw wedi cilio ac roedd yr haul yn ceisio dod i'r golwg o'r tu ôl i'r cymylau. Neidiodd oddi ar y step i'r llawr. Yna safodd yn stond! Roedd yr hen gaseg yn pori ar lan yr afon ac yn ei hymyl—yn goesau i gyd—roedd yr ebol bach delaf a welsai yn ei fyw!

Neidiodd i fyny ar y siafft ac i mewn i'r garafán. Tynnodd y dillad oddi ar wyneb ei dad-cu er mwyn dweud y newydd da am yr ebol wrtho.

Edrychodd ar ei wyneb. Roedd e'n llwyd a difywyd, fel clai oer. Gwyddai rywsut, ar unwaith, ei fod wedi marw, er nad oedd erioed wedi edrych ar gorff marw o'r blaen. Am amser eisteddodd ar wely ei dad-cu, yn edrych i lawr ar yr wyneb annwyl, yr wyneb a oedd yn awr wedi dieithrio a newid yn llwyr bron. Roedd gan Tim lwmp mawr, poenus yn ei wddf, a theimlai fel crio o waelod ei galon. Ond ni allai. Ni allai symud chwaith.

Ymhen tipyn dechreuodd feddwl beth oedd yn mynd i ddigwydd iddo ef yn awr? Nid oedd ganddo neb i droi ato yn ei ofid a'i hiraeth. A beth oedd e'n mynd i'w wneud â chorff ei dad-cu? Roedd e wedi clywed yr hen ŵr yn sôn lawer gwaith am hen arfer y sipsiwn o losgi'r garafán pan fyddai'r perchennog farw. Ac roedd ef ei hunan yn cofio amdanyn nhw'n llosgi carafán yr hen Amos Lovell, yr hen ddyn cloff hwnnw â'r farf ddu yr oedd ar bawb o'r plant ei ofn. Cofiodd fel yr oedd y sipsiwn wedi gweiddi'n hapus gyda'i gilydd wrth weld y fflamau mawr yn dringo i'r awyr. A oedden nhw wedi llosgi corff Amos Lovell gyda'r garafán? Ni allai gofio. Ond rhaid eu bod hefyd, meddyliodd. Ac yn awr, wrth fyfyrio fan honno, cofiodd am ei dad-cu yn dweud wrth

11

ei hen gyfaill, Sol Burton, y byddai ef yn gadael gorch-ymyn pan fyddai farw fod y garafán i gael ei llosgi. Ond roedd blynyddoedd er hynny, ac roedd ei dad-cu wedi yfed glasied bach y noson honno.

Edrychodd o gwmpas y garafán. Byddai, byddai rhaid ei llosgi, meddyliodd. Dyna oedd hen arfer y sipsiwn a dyna oedd dymuniad ei dad-cu. Fe wyddai, wrth gwrs, fod pobl yn mynd i'r Nefoedd ar ôl marw. Roedd Amos Lovell, er mai hen ddyn cas oedd e, wedi mynd i'r Nefoedd y noson honno pan losgwyd ei garafán. Roedd y mwg a'r fflamau wedi dringo i fyny i'r awyr, ac mewn rhyw ffordd ryfedd roedd ei ysbryd, neu ei enaid, wedi mynd i fyny hefyd—gyda'r mwg—i'r Nefoedd. Ac felly y byddai ei dad-cu yn mynd i'r Nefoedd, wrth losgi ei garafán.

Ond beth a wnâi ef wedyn? Roedd e wedi byw yn y garafán er dydd ei eni. Pan losgwyd carafán Amos Lovell roedd ei blant wedi adeiladu carafán newydd. Ond ni allai ef adeiladu carafán arall iddo'i hunan. Ysgydwodd ei ben mewn penbleth.

Yna cododd ac aeth unwaith eto at y drws a'i agor. Roedd y gaseg yn pori'n dawel a'i hebol newydd yn ei hymyl. Roedd ei dad-cu wedi sôn llawer am yr ebol oedd ar fin cael ei eni; ac roedd e wedi marw cyn cael ei weld!

Yn sydyn dechreuodd grio fel baban.

Aeth awr heibio—neu ddwy—ni allai Tim ddweud yn iawn. Ni allai stopio crio ar ôl dechrau. Byddai rhyw atgof bach am ei dad-cu yn gwneud i'r dagrau ailgychwyn rhedeg o hyd. Ni allai feddwl yn glir chwaith, ac ni wyddai beth i'w wneud. Gwelodd rai teithwyr yn mynd heibio ar hyd y ffordd fawr, ond ni allai ddweud wrth y rheini am ei hiraeth a'i unigrwydd. Sipsi oedd e, ac nid oedd sipsiwn yn sôn am eu gofidiau wrth bobol a oedd yn byw mewn tai.

Ni allai aros yn y garafán chwaith, gan fod corff ei dad-cu'n gorwedd yno. Ond nid ei dad-cu oedd e bellach, ond rhywbeth distaw, dieithr, na allai Tim edrych arno heb deimlo ofn.

Treuliodd awr neu ddwy yn gwylio'r ebol bach newydd yn ymarfer ei goesau hirion. Roedd y creadur bach yn cryfhau bob awr, a chyn hanner dydd roedd e'n gallu symud o gwmpas yn hwylus. Weithiau arhosai'n llonydd—â'i ddwy goes flaen dipyn ar led—i edrych ar ryfeddodau'r byd mawr lle'r oedd e wedi glanio mor sydyn ychydig oriau ynghynt.

Yr oedd hi'n hanner dydd pan ddechreuodd Tim deimlo eisiau bwyd. Aeth i mewn i'r garafán ac i'r cwpwrdd bach lle cadwai ei dad-cu ac yntau dipyn o fara, cig a chaws. Dim ond crystyn o fara sych a darn o gaws oedd ynddo. Byddai rhaid iddo brynu rhagor, meddyliodd. Ond byddai rhaid iddo gael arian cyn gwneud hynny. Nid oedd ganddo ef ddimai goch. Gwyddai fod arian ym mhoced ei dad-cu, ond ni allai feddwl am fynd trwy ddillad y corff distaw ar y gwely. Yna cofiodd am y basgedi gwiail. Roedd saith ohonynt yn hongian wrth do'r garafán yn y gornel bellaf. Ef a'i dad-cu oedd wedi eu gwneud dri diwrnod ynghynt.

13

Tynnodd bedair ohonynt i lawr. Roedd y gwiail pleth-edig yn edrych yn wyn ac yn newydd.

Penderfynodd fynd allan o gwmpas y ffermydd yn yr ardal i'w gwerthu er mwyn cael tipyn o arian i brynu rhywbeth i'w fwyta. Neu efallai y byddai rhyw fferm-wraig garedig yn rhoi tipyn o fwyd iddo; fe ddigwyddai hynny weithiau.

Aeth allan o'r garafán â'r basgedi ar ei fraich. Clodd ddrws y garafán. Edrychodd unwaith ar y gaseg a'r ebol. Byddai rhaid eu gadael, meddyliodd. Nid oedd yn gofidio y byddai dim yn digwydd iddynt. Gwyddai y byddai'r hen gaseg yn ddig iawn wrth unrhyw un a âi'n agos at yr ebol.

Yna cychwynnodd ar ei daith. Fe deimlai'n well am fod ganddo, yn awr, rywbeth i'w wneud.

Gwerthodd fasged yn y tŷ cyntaf—i ddynes dew a golwg garedig arni. Rhoddodd y tri swllt a gafodd yn ddiogel yn ei boced. Yn nes i lawr yn y pentre daeth at y siop. Aeth i mewn.

Nid oedd neb yn y siop ond dyn tal â phen moel a ffedog wen o'i flaen.

'Wel,' meddai, 'beth wyt ti eisie?'

Ni ddywedodd Tim ar unwaith ei fod am brynu rhywbeth i'w fwyta. Roedd ei dad-cu wedi ei ddysgu i geisio gwerthu ei nwyddau ei hunan yn gyntaf bob amser.

'Ydych chi am brynu'r basgedi 'ma i werthu yn y siop?' gofynnodd.

Chwarddodd y siopwr braidd yn wawdlyd.

'Dim diolch,' meddai. 'A nawr os nad wyt ti am *brynu*

14

rhywbeth—bant â thi. Dyw 'nghwsmeried i ddim yn hoffi gweld sipsiwn o gwmpas y siop 'ma.'

Cochodd Tim. Fe deimlai fel cerdded allan o'r siop ar ei sawdl. Ond roedd yn rhaid iddo gael rhywbeth i'w fwyta.

'Rwy' i eisie torth, pownd o gaws a thun o gorn bîff,' meddai.

Edrychodd y siopwr yn ddrwgdybus.

'Oes gennyt ti arian?'

Tynnodd Tim y tri swllt o'i boced a'u dal ar dor ei law agored i'r siopwr gael eu gweld.

Daeth hanner gwên dros wyneb y siopwr tal. Cofiodd yn sydyn am y dorth dridiau oed a oedd ganddo o dan y cownter. Roedd e wedi credu'n siŵr y byddai rhaid iddo ei rhoi i'r ieir. Ond nawr fe allai ei gwerthu i'r sipsi. Tynnodd y dorth sych allan o dan y cownter a'i lapio mewn darn o bapur newydd.

'Pownd o gaws, ddwedest ti?' Aeth at y cosyn mawr a safai ar gornel bella'r cownter a thorrodd ddarn ohono. Lapiodd hwnnw hefyd mewn dalen o bapur newydd. Yna rhoddodd ef ar y dafol a'i bwyso.

'Mae'r darn yna owns a hanner dros y pownd,' meddai'r siopwr.

Pe bai e'n pwyso'r caws heb y papur . . . meddyliodd Tim, ni fyddai'n fwy na phownd! Ond ni ddywedodd air yn uchel.

'Dou swllt a naw a dime,' meddai'r siopwr, ar ôl tynnu tun o gorn bîff i lawr o'r silff y tu ôl iddo.

Aeth Tim allan o'r siop â'r dorth, y caws a'r corn bîff yn un o'r basgedi a cherddodd i lawr y ffordd. Roedd

15

e'n hoff iawn o gaws ac roedd meddwl am gael tipyn
gyda darn o fara ffres yn tynnu dŵr o'i ddannedd. Aeth
yn ôl i gyfeiriad y tir comin a'r garafán.

Ond wrth fynd gwelodd lôn gul yn arwain i'r chwith
oddi ar y ffordd fawr. Aeth i lawr y lôn am dipyn nes
dod at garreg wen fawr yn y clawdd. Eisteddodd ar y
garreg a thynnodd y dorth, y caws a'r cig allan o'r
fasged. Tynnodd gyllell o'i boced a thorrodd ddarn
mawr o'r dorth. Gwelodd yn awr ei bod yn hen dorth,
a dechreuodd regi'r siopwr dan ei anadl. Ond yr oedd
digon o eisiau bwyd arno, a chyn pen winc roedd e
wrthi'n cnoi'r bara a chaws, ac yn cael y cyfan yn flasus
iawn. Fe gadwodd y tun cig. Fe gâi fwyta tipyn o
hwnnw i swper, meddyliodd.

Wrth fwyta, dechreuodd feddwl i ble'r oedd y lôn
yma'n arwain. Ni allai gofio ei fod wedi bod ar hyd-ddi
o'r blaen. Rhaid ei bod yn arwain i ryw fferm. Efallai y
gallai ef werthu un arall o'i fasgedi i wraig y ffermwr.

Cododd ar ei draed, a chan ddal i gnoi'r darn olaf o'r
bara a chaws, dechreuodd gerdded i lawr y lôn.

Ar ôl y storm y noson cynt roedd dail yr hydref wedi
cwympo ar hyd y lôn i gyd. Llusgai Tim ei draed
trwyddynt a gwneud sŵn bach trist. Fe deimlai'n
ddigalon iawn yn awr eto. Pan oedd e'n teimlo'n
newynog roedd ganddo rywbeth i feddwl amdano
heblaw'r corff distaw yn y garafán. Ond nawr, ar ôl
cael ei fol yn dynn, roedd yr hiraeth a'r unigrwydd
wedi dod 'nôl.

Byddai rhaid llosgi'r garafán, meddyliodd eto—gan
gicio pentwr o ddail o dan ei draed. Roedd ei dad-cu

annwyl, a oedd wedi bod mor garedig tuag ato, yn
haeddu cael mynd i'r Nefoedd at yr hen Amos Lovell
a'r sipsiwn eraill i gyd. Felly, yr unig beth i'w benderfynu
yn awr oedd pryd i losgi'r garafán.

Daeth at dro yn y lôn, ac o'i flaen gallai weld hen
ffermdy mawr yn sefyll yng nghanol coed deri uchel.
Yr oedd clwyd y clos ar agor. Aeth Tim trwyddi.
Disgwyliai bob munud glywed ci yn cyfarth arno. Ond
roedd pobman yn dawel fel y bedd. Safodd ar y clos am
funud. Clywai'r gwynt yn cwyno yng nghanghennau
hanner noeth y coed mawr. Ond nid oedd unrhyw sŵn
arall.

Roedd y ffermdy'n wag.

Aeth at y ffenest ac edrych i mewn. Dim llenni, dim
dodrefn na hyd yn oed bictiwr ar y muriau.

Cerddodd o gwmpas y ffermdy gwag. Y tu ôl i'r tŷ
gwelodd yr ydlan a'r sièd wair. Roedd y rheini'n wag
hefyd. Yn ymyl yr ydlan yr oedd y berllan. Synnodd
weld fod ugeiniau o afalau melyn a choch ar y coed
yno, ac roedd mwy fyth ar lawr y berllan ar ôl y storm.

Wrth edrych i'r chwith tua gwaelod y clos gallai weld
adeiladau eraill y fferm. Aeth i lawr tuag atynt. Daeth
at ddrws a thwll crwn ynddo. Gwthiodd ei fys i'r twll
a chododd y glicied bren tu mewn. Agorodd y drws ar
unwaith. Gwelodd ei fod yn y beudy. Ond nid oedd
buwch na dim arall ynddo. Wedyn daeth at adeilad
uwch na'r beudy. Roedd twll crwn yn nrws hwnnw
hefyd. Pan agorodd y drws fe'i cafodd ei hun mewn
ysgubor lle'r oedd ychydig o wellt sych ar lawr.

Yr oedd grisiau'n arwain o'r sgubor i fyny i ryw fath

o storws uwchben. Aeth i fyny'r grisiau. Gwelodd lygoden fawr yn gwibio ar draws y llawr i'w thwll yng nghornel pellaf y storws. Aeth ias trwyddo. Yr oedd yn gas ganddo lygod mawr. Pan ddaeth e allan o'r sgubor i'r awyr agored unwaith eto, roedd e wedi penderfynu beth roedd e'n mynd i'w wneud.

PENNOD III

Drwy'r prynhawn hwnnw bu Tim Boswel yn cerdded o gwmpas y tai a'r ffermydd yn ceisio gwerthu'r gweddill o'r basgedi. Ac yn wir, fe lwyddodd yn eithriadol y diwrnod hwnnw. Cyn amser te roedd e wedi cael gwared o'r olaf o'r pedair roedd e wedi'u cymryd o'r garafán, ac roedd ganddo naw swllt a dwy a dime yn ei boced—mwy o arian nag a fu yn ei feddiant erioed.

Ni wyddai Tim fod gwragedd y tai a'r ffermydd wedi prynu ganddo am eu bod wedi gweld yr olwg drist ac ansicr ar ei wyneb brown.

Yr oedd e wedi gwerthu'r fasged olaf ddwy filltir bron o'r hen dir comin lle'r oedd y garafán, ond yn awr trodd ei wyneb yn ôl. Ond ni frysiodd chwaith. Nid oedd awydd arno fynd yn ôl o gwbwl, rywsut. Roedd rhywbeth y tu mewn iddo'n dweud wrtho am fynd ymlaen ar hyd y ffordd—am gerdded a cherdded, nes byddai wedi blino, a nes i'r nos ei ddal. Cysgu wedyn mewn rhyw sièd wair a mynd ymlaen eto drannoeth . . .

18

Ond gwthiodd y meddyliau hyn oddi wrtho. Roedd *rhaid* iddo fynd yn ôl. Ni allai adael ei dad-cu fel yna. Ni allai adael y gaseg a'r ebol newydd chwaith.

Curodd ei galon yn gyflymach pan ddaeth o'r diwedd i olwg yr hen gomin wrth ymyl yr afon. Roedd hi'n dechrau tywyllu erbyn hyn, ond gallai weld fod y gaseg a'r ebol a'r hen garafán yno o hyd. Cyflymodd ei gamau wedyn. Dringodd i'r garafán, a heb edrych ar y gwely, cydiodd mewn penwast oedd yn hongian wrth fachyn yn y to, ac aeth allan drachefn.

Aeth ymlaen at yr hen gaseg yn awr â'r penwast yn ei law. Gweryrodd yn isel a gadawodd ei phori. Closiodd yr ebol bach at ei fam. Rhoddodd Tim y penwast am ben lluniaidd yr hen gaseg. Wedi gosod y penwast yn ddiogel arweiniodd hi allan i'r ffordd fawr. Dilynodd yr ebol yn dynn wrth gynffon ei fam. Yr oedd hi'n tywyllu'n gyflym yn awr, a gweddïai Tim yn ei galon na welai neb hwy. Ond ni chafodd ei ddymuniad serch hynny. Cyn iddynt fynd ymhell fe glywodd sŵn traed, neu yn hytrach, sŵn dwy glocsen yn dod tuag atynt. Aeth hen wraig â basged fawr ar ei braich heibio iddynt. Ond stopiodd i edrych ar eu hôlau wedi iddynt ei phasio. Arhosodd fan honno nes oedd Tim a'r gaseg a'r ebol wedi mynd o'r golwg yn yr hanner tywyllwch. Yna, gan symud y fasged fawr i'w braich arall, aeth ymlaen eto.

Cyrhaeddodd Tim ben y lôn oedd yn arwain i'r ffermdy gwag heb gwrdd â neb arall ar y ffordd. Fe gymerai fwy o bwyll yn awr wrth fynd i lawr y lôn, rhag blino'r ebol bach a oedd yn dal yn sigledig ar ei goesau hirion. Ond o'r diwedd fe ddaethant i glos distaw y fferm. Pan fu yno'n gynharach y prynhawn hwnnw, roedd Tim wedi sylwi fod yna gae bach glas wrth ymyl yr ydlan, a bod bwlch yn arwain iddo o waelod y clos. Yn awr arweiniodd y gaseg trwy'r bwlch hwnnw i mewn i'r cae. Tynnodd y penwast oddi ar ei phen. Yna safodd am funud hir â'i law ar ei thrwyn melfed, cynnes. Daeth y dagrau poeth i'w lygaid eto a theimlodd hwy'n rhedeg i lawr ei wyneb. Gadawodd iddynt. Yna trodd, ac wedi cau'r glwyd rydlyd, rhedodd i fyny'r lôn.

Yr oedd hi wedi tywyllu'n llwyr erbyn iddo gyrraedd yn ôl i'r comin, ond gallai weld fod awyr y dwyrain yn olau, a gwyddai wedyn fod y lleuad yn codi.

Aeth i mewn i'r garafán dywyll a distaw. Roedd e'n crynu fel deilen. Yn awr gwyddai y byddai rhaid iddo gyffwrdd â chorff ei dad-cu. Roedd e am gynnau'r hen lamp a grogai wrth y to, ac ym mhoced ei dad-cu roedd y matsys.

Plygodd uwchben y gwely. Trwy lwc daeth o hyd i boced cot ei dad-cu ar unwaith. Gwthiodd ei law i mewn. Cyffyrddodd ei law â chyllell fawr ei dad-cu— honno â'r llafn hir, miniog oedd ganddo'n gwneud popeth bron—blingo cwningod, gwneud pegiau dillad, gwneud basgedi, torri bara . . . Tynnodd y gyllell fawr allan a'i rhoi yn ei boced ei hun. Yna tynnodd allan y bocs matsys. Cododd ar ei draed wedyn a thynnu matsien o'r bocs. Fe geisiodd ei thanio ar yr ymyl arw. Ond roedd y fatsien yn llaith, ar ôl glaw'r noson cynt, a gwrthodai danio. Tynnodd fatsien arall o'r bocs. Fe fflachiodd honno unwaith neu ddwy, ond thaniodd hi ddim.

Roedd Tim yn crio eto. Roedd saith matsien wedi gwrthod tanio. Beth pe bai'r cyfan yn gwrthod?

Ond fe daniodd yr wythfed. Agorodd gaead yr hen lamp a gwthio'r fatsien â llaw grynedig i mewn i gyffwrdd â'r pabwyr. Tynnodd anadl o ryddhad pan welodd y fflam yn cydio yn y pabwyr ac yn cynyddu'n sydyn.

Yn awr yr oedd ganddo olau i wneud yr hyn roedd arno eisiau ei wneud.

Tynnodd y tair blanced lwyd, garpiog oedd ganddo ar ei wely a dechrau eu rowlio i fyny'n frysiog. Tynnodd allan grochan bach, du o dan y bwrdd bach, ac oddi ar y bwrdd fe gymerodd y tegell alwminiwm (a oedd hefyd yn ddu). Gosododd y tegell yn y crochan. Wedyn cydiodd mewn ffreipan dun a gosod honno hefyd yn yr un man.

Aeth allan o'r garafán â'r blancedi dros ei ysgwyddau a'r crochan du ar ei fraich. Ond cyn mynd fe drodd y pabwyr yn y lamp fyglyd i lawr bron hyd yr eithaf. Tynnodd y drws ar ei ôl.

Ar ôl cyrraedd y ffordd fawr arhosodd am funud i wrando a oedd rhywun yn dod. Nid oedd yr un sŵn ond sŵn yr afon. Aeth wedyn yn frysiog ar hyd y ffordd drwy'r tywyllwch.

Pan gyrhaeddodd y fferm eto aeth at ddrws y sgubor a'i agor. Y tu mewn roedd hi mor dywyll â bol buwch. Cerddodd yn ofalus i'r cyfeiriad lle'r oedd e wedi gweld y gwellt sych pan fu yno o'r blaen. Yna teimlodd y gwellt o dan ei draed a chlywodd ei sŵn wrth iddo lusgo'i draed trwyddo.

Gosododd ei grochan a'i flancedi ar y gwellt. Yna, heb ddim golau o gwbwl, penliniodd ar y llawr gan estyn ei freichiau o'i gwmpas i gasglu'r gwellt at ei gilydd. Ar ôl cael pentwr go lew, fe deimlodd am y blancedi a lledodd hwy gorau y gallai ar ben y gwellt. Wedyn gorweddodd i lawr arnynt.

Roedd e wedi blino'n ofnadwy, er nad oedd wedi sylweddoli hynny cyn gorwedd i lawr. Rhoddodd ei ddwy fraich o dan ei ben.

Dechreuodd chwalu meddyliau eto.

Nid oedd hi'n amser eto i wneud yr hyn yr oedd e wedi penderfynu ei wneud. Roedd gormod o bobol o gwmpas yr amser hynny o'r nos. Byddai rhaid iddo aros nes byddai wedi mynd yn hwyr, pan fyddai pobol yr ardal wedi mynd i'w tai neu i'w gwelyau.

Roedd rhyw ddistawrwydd mawr iawn o'i gwmpas ym mhob man. Nid oedd sŵn y gwynt hyd yn oed i'w glywed o'r tu mewn i'r hen sgubor wag. Ond ymhen tipyn fe glywodd sŵn bach, bach yn dod o'r llofft uwch ei ben; sŵn traed bach yn rhedeg ar draws y llawr. A gwyddai'n iawn mai un o'r llygod mawr oedd yno.

Dechreuodd feddwl pam yr oedd y fferm yn wag. Roedd ef wedi clywed ei dad-cu'n dweud ei bod hi'n amser gwael ar y ffermwyr gan fod y rhenti'n codi a phrisiau anifeiliaid yn dod i lawr. Ai wedi methu roedd y ffermwr a arferai fyw ar y fferm yma?

Ond tybed na fyddai rhywrai newydd yn dod iddi? Wel, meddyliodd, fe gâi feddwl am hynny eto. Efallai y byddai ef wedi symud ymlaen ymhell cyn hynny. Yna dechreuodd feddwl eto beth oedd yn mynd i ddigwydd iddo. Ni allai feddwl am y dyfodol heb ddechrau crio.

*   *   *

Rhaid ei fod wedi cysgu wedyn, oherwydd yn sydyn methai'n lân â dyfalu ble'r oedd. Estynnodd ei law allan a chyffwrdd â'r gwellt sych. Yna cofiodd ei fod yn y sgubor, a bod ganddo waith i'w wneud cyn y bore. Beth oedd wedi ei ddihuno? Ni allai ddyfalu, os nad y llygod mawr.

Cododd o'r gwellt ac aeth allan o'r sgubor. Roedd hi'n noson olau leuad braf, ond bod ambell gwmwl gwyn yn mynd dros wyneb y lleuad lawn yn awr ac yn y man. Faint o'r gloch oedd hi, tybed?

Aeth i fyny'r lôn tua'r ffordd fawr.

Nid oedd enaid byw o gwmpas pan gerddodd i lawr eto at y comin wrth lan yr afon. Rhaid ei bod yn hwyr iawn a phawb yn y gwely. Wel, gorau i gyd, meddyliodd.

Yng ngolau'r lleuad gallai weld yr hen garafán annwyl yn sefyll yn unig a distaw ar y darn comin.

Dechreuodd y dagrau gronni yn ei lygaid eto wrth edrych arni. Roedd hi wedi cludo ei dad-cu ac yntau, trwy law a heulwen, o fan i fan am flynyddoedd maith.

Rhoddodd ei droed am y tro olaf ar y step a chamu i fyny at y drws. Curai ei galon fel morthwyl. Ond roedd e'n gwybod beth roedd yn rhaid iddo ei wneud yn awr. Roedd e wedi penderfynu, ac nid oedd troi'n ôl i fod.

Fe gâi ei dad-cu fynd i'r Nefoedd fel yr hen sipsiwn eraill—o ganol y mwg a'r tân.

Ar ôl mynd i mewn trwy'r drws unwaith eto, trodd babwyr yr hen lamp i fyny, a chynyddodd y fflam y tu mewn i'r gwydr ar unwaith.

Taflodd lygad ofnus ar wely ei dad-cu. Roedd yr hen flanced lwyd, fawlyd yn ei guddio i gyd. Tynnodd Tim y flanced yn ôl. Roedd e wedi penderfynu cael un peth arall oddi ar gorff ei dad-cu—sef ei waled. Yn honno, gwyddai fod yr hen ŵr yn cadw ei ychydig bethau personol, er nad oedd ef—Tim—erioed wedi cael gweld y cyfan oedd ynddi.

Rhoddodd ei law y tu mewn i got lwyd, garpiog ei dad-cu. Cyffyrddodd ei fysedd â lledr llyfn y waled. Tynnodd hi allan a'i gwthio i boced ei siaced ei hun.

Tynnodd y lamp i lawr oddi ar y bachyn yn y to. Trodd y pabwyr i lawr i'r gwaelod, nes oedd y fflam yn ddim ond rhimyn tenau, glas. Trodd sgriw'r caead bach ar yr olew. Wedi cael hwnnw'n rhydd tywalltodd yr olew drewllyd o'r lamp ar draws gwely ei dad-cu ac ar lawr y garafán. Tynnodd y bocs matsys o'i boced. Gweddïodd fod un o'r rheini'n mynd i danio.

Yn rhyfedd iawn, fe daniodd y fatsien gyntaf a drawodd ar ymyl y bocs.

Gosododd y fflam fechan wrth ddillad gwely'r hen ŵr, lle'r oedd e wedi arllwys yr olew, ac ar unwaith gwelodd fflam newydd yn neidio i fyny. Gwelodd ddarn o hen bapur dyddiol yn y gornel o dan y bwrdd bach, a rhoddodd fflam fechan y fatsien wrth hwnnw hefyd. Fflamiodd y papur ar unwaith. Ond erbyn

24

hynny roedd dillad y gwely'n fflamio hefyd ac roedd arogl drwg y flanced yn llosgi yn llond ei ffroenau.

Aeth allan o'r garafán. Gadawodd y drws ar agor y tro hwn er mwyn i wynt y nos allu mynd trwyddo i chwythu'r tân.

Gadawodd y comin wedyn, a cherdded ar hyd y ffordd fawr nes cyrraedd y bont. Arhosodd ar y bont gan anadlu'n gyflym, a chrio'n ddistaw yr un pryd.

Arhosodd yno'n hir gan gadw llygad ar y darn comin. A oedd y tân wedi cael gafael? Neu a oedd wedi diffodd?

Yna gwelodd dafod o dân yn neidio i'r awyr! Roedd y to wedi llosgi drwyddo! Cyn pen winc roedd y comin yn olau i gyd gan y fflamau mawr a neidiai i'r awyr. O, roedd yr hen garafán yn llosgi'n dda! Yn well na charafán Amos Lovell. Ond wedyn, roedd ei dad-cu yn llawer gwell dyn nag Amos Lovell.

Ac yn awr nid oedd ei dad-cu yn swp o glai oer yn y garafán—na—roedd e wedi mynd gyda'r fflamau mawr a'r mwg . . . i fyny . . . i fyny i'r Nefoedd! I'r Nefoedd i gwrdd â'i hen gyfeillion—Sol Burton, Amos Lovell, Abram Wood, Gideon Lee a'r lleill.

Fe geisiodd Tim ddyfalu sut le oedd y Nefoedd. Nid oedd yno neb ond sipsiwn. Rhaid mai i Nefoedd arall roedd pobol y tai yn cael mynd, oherwydd nid oeddent hwy'n cael eu llosgi gyda'u cartrefi. Ac yn Nefoedd y sipsiwn nid oedd yr un plisman na'r un ciper, na phobl gyfoethog yn hawlio'r tir hela i gyd. Rhaid bod llawer o ffeiriau yn y Nefoedd hefyd. Beth a wnâi sipsiwn heb ffeiriau? A digon o geffylau, wrth gwrs, a chwningod ac

25

ysgyfarnogod a ffesant, a llond afonydd o bysgod hawdd eu dal.

Fe gododd Tim ei galon ychydig bach wrth feddwl fel hyn. Fe deimlai'n siŵr yn awr y byddai ei dad-cu yn hapus mewn lle felly. Am foment fe deimlodd hiraeth am gael mynd yno gydag ef. Ond sylweddolodd wedyn bod rhaid marw cyn cael mynd i'r Nefoedd.

Cododd cwmwl sydyn o wreichion a thân o'r garafán; ac yna dechreuodd y tân fynd i lawr yn araf.

Trodd Tim oddi wrth y bont a cherddodd ymaith. Yr oedd e wedi ffarwelio am byth â'i dad-cu a'r bywyd roedd y ddau wedi'i dreulio yn yr hen garafán. Aeth i lawr y lôn at y ffermdy gwag.

PENNOD IV

Yr oedd Tim allan o'r sgubor gyda'r dydd drannoeth. Nid oedd wedi llwyddo i gysgu llawer ar ôl dod yn ôl o fod yn llosgi'r garafán. Yr oedd y sgubor yn ddieithr a'i wely'n fwy anesmwyth na'r un oedd ganddo yn y garafán; ac fe fu ar ddi-hun yn troi a throsi ar y gwellt am amser hir. Ond roedd e wedi cysgu ychydig cyn i'r wawr dorri, a phan ddihunodd y peth cyntaf a deimlai oedd eisiau bwyd. Roedd e'n dyheu am gwpanaid o de cynnes, ond gwyddai y byddai rhaid iddo fod hebddo, oherwydd ni allai fentro cynnau tân, rhag ofn i rywrai —a wyddai fod y fferm yn wag—weld y mwg a dod i edrych beth oedd yn bod.

Yng ngwaelod y clos roedd pistyll dŵr glân yn rhedeg i gafn cerrig, mawr. Aeth i lawr yno a'r tegell alwminiwm gydag ef. Daliodd yr hen degell dan y pistyll nes oedd bron yn llawn. Yna aeth yn ôl i'r sgubor. Yn awr agorodd y tun corn bîff, a chyda chyllell fawr ei dad-cu torrodd ddarn o'r dorth a dechrau bwyta'n awchus. Os oedd y dorth yn sych y diwrnod cynt roedd hi'n waeth fyth yn awr, ac unwaith eto rhegodd y siopwr dan ei anadl. Ond roedd y cig yn flasus ac roedd yntau'n newynog. Bob yn awr ac yn y man fe yfai'r dŵr glân trwy big y tegell.

Ar ôl cael ei frecwast aeth allan o'r sgubor ac i lawr i'r cae bach at y gaseg a'r ebol. Yr oedd yr hen gaseg yn teimlo'n fywiog y bore hwnnw. Gweryrodd yn uchel a daeth i'w gwrdd ar drot. Gwenodd Tim wrth ei gweld yn trotian fel ceffyl sioe ac yn camu ei gwddf fel bwa. Roedd bywyd yn yr hen greadures o hyd, meddyliodd. Oni bai am yr ebol fe allai neidio ar ei chefn y funud honno a mynd . . . ond mynd i ble?

Roedd e wedi gadael y penwast ar bost y glwyd y noson cynt. Dim ond ei roi am ei phen oedd eisiau ac fe fyddai hi ac yntau ymhell cyn nos y diwrnod hwnnw. Ond wedyn edrychodd ar yr ebol bach, coesog. Roedd e wedi dod yn araf tuag at Tim ond yn awr safai yn edrych yn syn arno, a rhyw olwg ddiniwed iawn arno. O, roedd e'n ebol tlws, meddyliodd Tim. Roedd e'r un ffunud â'i fam, neu o leiaf fe fyddai'r un ffunud â hi ar ôl tyfu, meddyliodd wedyn. Yr oedd yr hen ŵr wedi meddwl llawer am yr ebol yma—mwy na'r un o'r lleill

27

am ryw reswm, a theimlai Tim y byddai'n falch iawn ohono pe bai wedi cael byw i'w weld.

Aeth â'r hen gaseg allan drwy'r glwyd ac at y cafn dŵr. Tra bu'r gaseg yn yfed a'r ebol yn sugno'i fam, eisteddodd Tim ar ymyl y cafn mawr.

Tynnodd waled ei dad-cu allan o'i boced. Bu'n ei dal am funud yn ei law. Roedd hi'n weddol drwm. Roedd hi'n bur lawn a'i lledr wedi treulio'n loyw.

Agorodd hi wedyn. Y peth cyntaf a welodd y tu mewn iddi oedd amlen wedi ei phlygu yn ei hanner. Roedd hi wedi ei selio hefyd. Nid oedd yr un cyfeiriad na dim arni. Gosododd yr amlen yn ôl yn y waled. Beth arall oedd ynddi? Tynnodd allan hen lun wedi pylu a melynu gan henaint. Roedd e wedi gweld hwn o'r blaen. Llun merch ifanc a dau lygad gloyw a dannedd gwynion, llyfn. Llun ei fam ydoedd. Ar ambell noson a'r garafán wedi aros ar ryw gomin neu'i gilydd arferai'r hen ŵr dynnu'r llun o'r waled, a byddai ef a Tim yn edrych arno bob yn ail, a byddai ei dad-cu'n adrodd hanesion am ei fam pan oedd hi'n ferch fach.

Un waith roedd Tim wedi gofyn i'w dad-cu beth oedd wedi digwydd i'w dad. Ond roedd yr hen ŵr wedi gwgu a rhegi a rhoi'r llun o'r golwg yn syth. Doedd Tim erioed wedi gofyn wedyn. Rhoddodd y llun yn ôl yn y waled.

Ar ôl i'r gaseg gael digon i'w yfed gadawodd y cafn a mynd yn ôl trwy'r glwyd agored i'r cae bach lle'r oedd hi a'r ebol wedi bod drwy'r nos.

Tynnodd Tim fachau pysgota a phlwm allan o'r waled, yna llathenni o gyt. Fe fyddai'r rheini'n ddefnyddiol iddo eto, meddyliodd, ond yn awr nid oedd ganddo ddim diddordeb ynddynt. Yna tynnodd allan dair sofren felen a dwy hanner sofren.

Wedyn cyffyrddodd ei fysedd â rhywbeth crwn yng ngwaelod y waled. Agorodd ei lygaid led y pen pan welodd beth ydoedd. Wats! Un fechan oedd hi—un merch—ac roedd hi'n felyn fel y sofrins, ac yn loyw fel pe bai newydd ddod o'r siop. Nid oedd ei dad-cu erioed wedi dangos y wats yma iddo. Pwy oedd piau hi? Rhaid mai wats ei fam oedd hi. Neu ei fam-gu? Trodd hi drosodd ar ei law, ac ar ei chefn darllenodd—'Oddi wrth W.P. i S.B.'

'S.B.' oedd ei fam—Sara Boswel. Ond pwy oedd 'W.P.'?

Weindiodd y wats fach, brydferth dro neu ddau. Yna rhoddodd hi wrth ei glust. Roedd hi'n cerdded, yn ddistaw bach, bach. Yna clywodd sŵn car yn dod i lawr y lôn am y fferm. Caeodd y waled ar unwaith a'i gwthio i'w boced. Pwy oedd yn dod? Rhedodd nerth ei draed yn ôl i'r sgubor lle'r oedd e wedi cysgu'r noson cynt. Ar ôl mynd i mewn a chau'r drws, fe aeth i fyny i'r daflod uwchben. O'r fan honno, gallai edrych allan trwy ffenest gul ddi-wydr, a gweld y tŷ a'r buarth i gyd.

Gwelodd drwyn y car yn dod i'r golwg. Ar ddrws y car mewn llythrennau breision roedd y geiriau— *Hutton's Seeds Grow Best*. Un dyn oedd yn y car, a gwyddai Tim mai trafaeliwr oedd—dieithryn, na wyddai fod y ffermdy'n wag. Stopiodd y car ar ganol y buarth, a daeth y gyrrwr allan a cherdded at y tŷ. Clywodd Tim ef yn curo'n uchel ar y drws. Yna clywodd ef yn peswch. Edrychodd y dyn o'i gwmpas. Rhaid ei fod wedi dechrau sylweddoli fod y lle'n wag. Aeth at y ffenest ac edrych i mewn. Trodd yn ôl at ei gar wedyn. Ond cyn mynd i mewn iddo fe drodd ei ben i edrych i gyfeiriad gwaelod y buarth. Gwelodd y gaseg a'r ebol yn pori yn y cae o dan y tŷ. Aeth i lawr at fwlch y cae. Safodd yno am funud yn pwyso ar y glwyd ac yn gwylio'r gaseg a'r ebol.

Yna aeth i fyny at y car unwaith eto. Y tro hwn aeth i mewn iddo a thaniodd y peiriant. Yna roedd y car yn mynd yn gyflym i fyny'r lôn.

Tynnodd Tim anadl o ryddhad. Roedd ymweliad y trafaeliwr wedi gwneud iddo sylweddoli un peth ar unwaith. Doedd e ddim yn ddiogel yn y lle yma, er nad oedd neb yn byw ynddo. Fe allai rhywun ddod a'i ddarganfod unrhyw funud. Byddai rhaid iddo wneud gwell trefniadau na'r rhai oedd ganddo—a hynny ar unwaith. Y gaseg a'r ebol oedd yn fwyaf tebyg o ddal llygad rhywun a ddeuai i lawr y lôn am y tŷ. Felly byddai rhaid iddo eu symud o'r cae bach o dan y tŷ i rywle arall.

Daeth allan o'r sgubor i'r buarth eto.

Yr oedd y ffermdy gwag yn sefyll ar lethr uwchben dyffryn cul, coediog, ac yn y distawrwydd gallai Tim glywed sŵn nant neu afon fach yn parablu ymhell odano. Pe bai yna le bach dirgel, cuddiedig i lawr yng ngwaelod y dyffryn lle gallai'r gaseg a'r ebol bori, fe allent fod yno am amser hir heb i neb eu gweld.

Rhedodd i lawr dros y llethr tuag at y coed a'r afon. Gwelodd y dŵr ymhen tipyn, yn sgleinio rhwng y coed.

Nant fechan oedd hon, a oedd efallai'n llifo i mewn i'r afon a oedd yn rhedeg gydag ymyl y comin. Ar ôl cerdded gydag ymyl y nant am dipyn, fe ddaeth at lannerch fechan yng nghanol y coed, lle tyfai porfa las, hyfryd. Nid oedd y llannerch yn y golwg o unrhyw gyfeiriad, meddyliodd. Dyma le diogel i'r gaseg a'r ebol!

Aeth yn ôl wedyn, i fyny'r llethr tua'r ffermdy. Yn ara' bach, rhag ofn i'r ebol flino neu gael niwed, aeth ag ef a'r gaseg i lawr i waelod y cwm. Wedi gweld y gaseg yn dechrau pori'r borfa flasus yn ymyl y nant, aeth yn ôl unwaith eto i'r buarth. Yn awr roedd rhaid iddo feddwl am rywle diogel iddo ef ei hunan. Gwyddai nad oedd y sgubor yn ddiogel, gan y gallai unrhyw un ddod unrhyw funud a'i weld yno. Ond pa le arall oedd yna? Cerddodd o gwmpas y tai allan i gyd. Bu'n edrych yn nhwlc y moch, ond yr oedd aroglau drwg yno, ac ni theimlai fel gwneud ei gartref-dros-dro fan honno. Yna gwelodd ddrws bychan yn y wal o dan y grisiau a oedd yn arwain i'r storws uwchben y stablau. Agorodd y drws. Yr oedd hi'n dywyll y tu mewn, ond wedi tanio matsien, fe welodd ryw fath o gut hir, isel. Er na wyddai Tim hynny, yr oedd yn edrych i mewn i gut yr hwyaid. Gwelodd fod y lle'n ddigon glân ar y cyfan. Dyma'r lle, meddyliodd!

Aeth wedyn i'r sgubor, i mofyn gwellt glân i'w roi ar lawr y cut hwyaid. Ar ôl cael digon o'r gwellt i mewn iddo, ac ar ôl symud popeth arall oedd ganddo o'r sgubor, fe aeth ef ei hun i mewn i'r cut a chaeodd y drws. Gorweddodd yn y gwellt yn y tywyllwch, a theimlodd yn fwy diogel nag y teimlodd er pan ddarganfu fod ei dad-cu wedi marw.

Yn y prynhawn aeth i lawr eto i lan yr afon fach yng ngwaelod y cwm. Wedi sylwi, gwelodd fod pysgod ynddi, ac am awr neu ddwy fe fu wrthi'n ceisio dal brithyllod â'i ddwylo. Wedyn fe ddechreuodd fwrw glaw mân, a bu raid iddo ddringo'r llethr unwaith eto i chwilio am gysgod.

Pan gyrhaeddodd y buarth unwaith eto fe glywodd sŵn a wnaeth iddo gilio ar unwaith tua chut yr hwyaid.

PENNOD V

Teithiai fan ddodrefn fawr bwmp-bwmp ar hyd y lôn gul a oedd yn arwain i lawr at hen ffermdy unig Dôl Nant. Ar ochrau uchel y fan yr oedd *Packford's Removals* wedi ei sgrifennu mewn llythrennau anferth o fawr.

Yr oedd hi'n bwrw glaw mân, diflas ac edrychai pobman yn wlyb ac yn anghysurus, a braidd yn ddigalon.

Yr oedd gyrrwr y fan ddodrefn o'i gof. Nid yn unig yr oedd y lôn yn gul ac yn arw, ond yr oedd y coed cyll uwchben yn crafu to ac ochrau'r fan yn awr ac yn y man, ac yn bygwth gwneud niwed i'r paent. Os digwyddai hynny gwyddai y byddai rhaid rhoi cyfrif i'r Manijer ar ôl mynd yn ôl i'r *depot*. Ond yr oedd o'i gof am reswm arall hefyd. Gwyddai beth oedd yn ei ddisgwyl ar waelod y lôn. Fe fyddai rhaid iddo ef a'i

32

gyfaill gario dodrefn trwm i fyny rhyw risiau hen-ffasiwn a throellog, a byddai rhaid gofalu na fyddai'r un dodrefnyn yn cael niwed neu byddai'r perchnogion yn ei feio ef ac yn bygwth achwyn wrth ei feistri. Meddyliai mor braf oedd hi ar yrrwr bws neu yrrwr lorri wartheg. O leiaf fe allai buwch gerdded ar ei thraed ei hunan i mewn ac allan o'r lorri. Ond am ddodrefn—roedd rhaid cario'r rheini i bob man.

Yn y Morris Oxford a ddilynai'r fan ddodrefn yr oedd Tom a Meri Ifans a'u dau blentyn—Megan, pedair-ar-ddeg, a Gwilym, deg oed. Yr oeddynt ar eu ffordd i'w cartref newydd ac yr oedd meddyliau gwahanol yn mynd trwy ben pob un ohonynt.

Gwgai Megan ar y cloddiau gwlyb, ac yn ei chalon fe deimlai'n drist iawn. Hi oedd fwyaf yn erbyn i'w thad brynu ffarm. 'Sut y gallwch chi,' meddai hi wrtho, pan ddywedodd wrthi'r tro cyntaf, 'feddwl am eich claddu eich hunan ym mherfeddion y wlad? Fydda i ddim yn dod gyda chi!' Dyna'r oedd hi wedi'i ddweud ar y pryd; ond dyma hi wedi dod gyda nhw i'r wlad wedi'r cyfan! Ond roedd hi wedi dal i ymladd a dadlau â'i thad hyd y diwedd bron. Roedd hi'n teimlo mor benderfynol na allai hi ddim gadael Abertawe a'i ffrindiau ysgol i gyd. Ond wedyn roedd ei thad wedi dod i mewn i'w hystafell wely un noson a dweud wrthi pam roedd e wedi prynu ffarm, a pham roedd y teulu'n symud i'r wlad—a pham roedd *rhaid* iddi hithau fynd gyda nhw.

Roedd ei thad wedi eistedd ar droed y gwely ac wedi siarad yn dawel.

'Wyt ti'n gweld, Megan, 'y nghariad i, mae Doctor Sinclair wedi dweud na all dy fam ddim byw rhagor ym mwg Abertawe, neu bydd ei hiechyd yn siŵr o waethygu. Fe ddwedodd fwy. Fe ddwedodd os oedden ni am 'i chadw hi'n fyw, y byddai rhaid i ni fynd â hi i awyr iach y wlad.'

Cofiodd Megan iddi godi ar ei heistedd yn y gwely ac edrych yn syn ar ei thad. Fe wyddai, wrth gwrs, fod iechyd ei mam yn ddigon bregus, a'i bod hi'n peswch tipyn, yn enwedig bob gaeaf, ond doedd hi ddim wedi meddwl bod dim niwed arni nes i'w thad ddweud wrthi'r noson honno. Y teimlad cyntaf a ddaeth drosti oedd teimlad o gywilydd. Gallai gofio'r funud honno am y nifer o weithiau y bu hi'n cwyno pan oedd ei mam wedi anghofio gwneud rhywbeth neu'i gilydd. Cofiai amdani'n achwyn droeon am nad oedd ei bwyd hi'n barod, neu ddim wrth ei bodd. A thrwy'r amser roedd ei mam wedi bod yn wael ei hiechyd—yn ddigon gwael i'r doctor ddweud fod rhaid iddi fynd i fyw i'r wlad neu . . .

Cofiodd i'r dagrau ddechrau powlio o'i llygaid, a chofiodd fel yr oedd ei thad wedi rhoi ei law am ei hysgwyddau i'w chysuro. Wrth gwrs, o'r funud honno ymlaen roedd hi wedi ceisio dangos i bawb ei bod hi mor awyddus â neb i fynd i'r wlad i fyw.

Dim ond hi a'i thad oedd yn gwybod pam roedd cyfreithiwr llwyddiannus yn Abertawe wedi penderfynu'n sydyn ei fod yn rhoi ei bractis i fyny a mynd i ffermio. Yn wir, roedd ei wraig wedi dadlau'n hir yn erbyn y fath gam pwysig. Er ei bod hi'n ferch ffarm ei hunan, ni allai ddeall pam yr oedd ei gŵr, nad oedd yn ffermwr nac yn fab i ffermwr, yn meddwl prynu ffarm! Ond roedd y ffarm yn Sir Benfro ac roedd hithau'n ferch o Ddyfed, ac roedd meddwl am fynd yn ôl i'w sir enedigol wedi gwneud iddi gytuno, ac i edrych ymlaen at gael symud.

A hwn oedd diwrnod mawr y Symud!

O'r diwedd—ar ôl mynd bwmp-di-bwmp dros byllau a thwmpathau ar y lôn gul—daeth y lorri fawr i ben ei thaith. Aeth trwy fwlch a oedd yn agored, a glanio ar glos a oedd mor anwastad â'r lôn bob tamaid. Edrychodd y gyrrwr a'i gyfaill ar yr hen ffermdy unig. Muriau melyn oedd iddo, ond bod tipyn o'r calch wedi cwympo yma a thraw. Pan stopiodd sŵn injian y lorri, a'r car tu ôl, roedd pobman mor ddistaw â'r bedd.

Agorodd y gyrrwr ddrws y fan fawr a neidiodd i'r llawr. Edrychodd ar y clos anwastad ac ar y tŷ i geisio gweld sut y gallai gael y fan mor agos ag oedd bosib at ddrws ffrynt y ffermdy.

Erbyn hyn roedd y teulu wedi gadael y car, ac am foment safodd y pedwar yn y glaw ar ganol y clos. Yna aeth Mr a Mrs Ifans fraich ym mraich at y tŷ. Tynnodd Mr Ifans allwedd fawr o'i boced ac agor y drws. Nid aeth y plant ar eu hôl am dipyn. Safodd y ddau'n edrych o'u cwmpas. Gallent glywed y gwynt yn sïo yn y coed hanner noeth a hefyd sŵn pitran-patran y glaw ar do'r sièd wair.

Yr oedd llygaid Gwilym yn loyw oherwydd yr oedd ef yn barod wedi syrthio mewn cariad â'r lle, er gwaetha'r ffaith fod y plastrin wedi cwympo o'r muriau ac er bod y glaw'n gwneud i bopeth edrych ar ei waethaf.

Fe geisiodd Megan, chwarae teg iddi, beidio â chasáu Dôl Nant. Fe geisiodd weld rhywbeth o'i chwmpas a allai wneud iddi garu'r hen le. Ond ar ei gwaethaf, fe deimlai'n ddig wrth y glaw, wrth y dom ar y clos, wrth y mwsog gwyrdd a oedd yn tyfu ar waelod ffrâm ffenest y gegin, a phopeth. Fe deimlai'n ddig wrth ei thad am ddod â hi i'r fath le ac wrth ei mam (er iddi erlid y teimlad o'i chalon ar unwaith) am achosi'r holl newid dychrynllyd yn ei bywyd.

Daeth ei thad i'r drws a gweiddi ar ddau ddyn y lorri ac ar y plant. 'Cwpaned bach o de cyn dechre gweithio! Te, te, te, i bob sychedig un!'

Dyna'i thad yn ei gyfer, meddyliodd Megan, dyn joli, siaradus, bob amser yn ceisio gwneud i bobl deimlo'n gysurus ac yn joli fel fe ei hunan. Ond roedd ei lais yn taro'n gras ar glustiau Megan y funud honno.

'Megan!' Llais ei thad eto. 'Y llestri te yna o'r bŵt os gweli di'n dda. Dewch i'r tŷ, bobol, fe fydd y te yn y tebot cyn pen winc. Wedyn fe gawn ni fwrw ati!'

Edrychodd gyrrwr y lorri a'i gyfaill ar ei gilydd ac yna aethant i mewn i'r tŷ.

Lle rhyfedd yw tŷ heb ddodrefn ynddo. Yng nghegin
Dôl Nant nid oedd yr un dodrefnyn ond rhyw hen
fwrdd bawlyd wedi ei adael ar ôl gan John Saer o'r
pentref ar ôl bod yn papuro'r tŷ.

'Fe fydd y tegell wedi berwi mewn winc,' meddai Mr
Ifans. Yr oedd ei lais yn swnio'n ddieithr yn y stafell
wag. Ar y gair clywsant sŵn chwiban yn dod o'r gegin
gefn. Sŵn y tegell trydan yn berwi.

'A! Gwir oedd y gair,' meddai Mr Ifans. 'Mae'n ddrwg
gen i nad oes yma ddim un gadair i neb eistedd.
Cwpaned yn eich llaw fydd hi nawr, rwy'n ofni. Wel,
dyna ni wedi cyrraedd yn ddiogel beth bynnag.'

'Do,' meddai'r gyrrwr, a oedd allan o hwyl o hyd,
'ond wfft i'r lôn yna a'r coed yn scrapo'r lorri. Ac wfft
i'r glaw yma hefyd. Wn i ddim sut ry'n ni'n mynd i gael
pethe i mewn yn sych.'

Yna daeth Mrs Ifans a Megan i mewn â chwpanau te
ar ddau hambwrdd.

'Dim soseri heddi mae'n ddrwg gen i,' meddai Meri
Ifans. Edrychodd y gyrrwr a'i gyfaill arni. Nid oedd yr
un ohonynt wedi ei gweld yn iawn o'r blaen. Gwelsant
wraig eithriadol o dlws. Yr oedd ei hwyneb yn wyn fel
ifori a'i chroen yn llyfn. Dau lygad mawr, brown
wedyn yn rhoi rhyw olwg ddiniwed i'r wyneb hardd.
Os oedd bai arno, efallai mai'r minlliw coch, coch, ar
ei gwefusau oedd hwnnw.

Gwenodd y gyrrwr am y tro cyntaf.

'Mae'n iawn. Dydyn ni ddim bob amser yn cael cwpaned pan fyddwn ni yn symud pobol.'

'Ble mae Gwilym?' gofynnodd Mrs Ifans yn sydyn, wedi gweld fod un cwpan ar ôl ar yr hambwrdd heb ei hawlio.

Edrychodd pawb ar ei gilydd. Nid oedd neb wedi ei weld.

'Mae e'n edrych o gwmpas debyg iawn,' meddai Mr Ifans. 'Fe ddaw nawr gewch chi weld.'

Yr oedd Mr Ifans yn iawn. Ar ôl i'w chwaer, a'r gyrrwr a'i gyfaill fynd i'r tŷ, aeth Gwilym wrtho'i hunan i edrych o gwmpas y tai allan. Agorodd ddrws y beudy a cherddodd i mewn. Roedd y llawr sment yn lân, ond roedd arogl dieithr y gwartheg, a arferai fod yno, yn aros o hyd.

Clywodd sŵn yn un o gorneli tywyll y beudy, a gwelodd lygoden fawr yn gwibio i'w thwll yn y wal. Teimlodd ias o ofn yn ei gerdded ac aeth allan i'r awyr agored unwaith eto.

Aeth i gyfeiriad clwyd yr ydlan. Pwysodd ar honno gan edrych ar y sièd wair wag â'i phedwar post trwchus yn dal y to bwaog i fyny. Yna fe deimlodd ddistawrwydd y wlad o'i gwmpas. Dim sŵn car, na bws, na sŵn traed yn brysio heibio dros balmant, dim sgrech teiers yn sgido, dim hwter na phwffian trên. Dim ond sïo isel y gwynt yn y coed uwch ei ben a sŵn pitran-patran y glaw o do'r sièd wair. Cydiodd y dieithrwch ynddo. Roedd y cyfan mor wahanol i Abertawe.

Daeth at y grisiau cerrig oedd yn arwain at ddrws y storws uwchben y stablau. Rhedodd i fyny'r grisiau, ond ni cheisiodd agor y drws. Yn lle hynny rhedodd i lawr eto i'r gwaelod. A dyna pryd y gwelodd y drws bach yn y wal wrth waelod y grisiau. Yr oedd yn gil-agored. Plygodd i lawr a'i agor led y pen.

Ni allai weld dim ond pentwr o wellt melyn ar y llawr. Ond yn y distawrwydd llethol meddyliodd ei fod yn clywed sŵn rhywbeth yn anadlu'n drwm. Ai dychmygu yr oedd e? Yna clywodd sŵn cyffro yn y gwellt.

Cododd ar ei draed yn sydyn a rhedeg am y tŷ.

'Gwilym! Tyrd i gael dy de, 'nghariad i.'

Llais ei fam. Cymerodd y cwpan o'r hambwrdd â llaw grynedig. Yna gwelodd ei fam yn edrych arno.

'Rwyt ti'n edrych yn llwyd iawn, Gwilym. Does dim byd o le oes e? Dwyt ti ddim yn sâl na dim wyt ti?'

'Na, rwy'n iawn, Mam.'

'Da iawn. Wedi blino rwyt ti mae'n debyg. Rydyn ni i gyd wedi blino. Ond mae lot o waith gyda ni 'to cyn mynd i'r gwely heno.'

Pan oedd y cwpanau gweigion wedi mynd yn ôl i'r gegin fach, fe ddechreuodd y gwaith caled o gael y dodrefn o'r fan fawr i mewn i'r tŷ. Yr oedd y gyrrwr a'i gyfaill yn gwybod eu gwaith yn dda a chyn pen fawr o dro roedd y rhan fwyaf o'r celfi trymaf wedi dod i mewn. Yr oedd pawb yn gweithio nawr, ac nid oedd fawr o siarad.

Yr oedd hi'n tywyllu'n gyflym pan ddringodd y gyrrwr a'i gyfaill ar y lorri ddodrefn unwaith eto, i fynd yn ôl i'r *depot*. Daeth y teulu i gyd i'r drws i weld y cerbyd mawr yn mynd fel llong mewn storm i fyny'r lôn at y briffordd.

Yna, pan oedd to'r fan wedi mynd o'r golwg, aethant i gyd yn ôl i'r tŷ gyda'i gilydd.

'Pw!' meddai Mr Ifans, gan suddo i hen gadair freichiau a oedd yn awr wedi ei gosod yn y gornel yn ymyl y lle tân. 'Rwy'n meddwl y bydd digon o flino arnon ni i gyd i allu cysgu heno, er ein bod ni mewn lle dierth.'

Edrychodd ar Megan wrth ddweud hyn. Roedd e'n gofidio amdani hi. Fe allai pethau fynd yn anodd iawn os nad oedd hi'n mynd i hoffi byw yn Nôl Nant.

'Wel, fe fydd rhaid i chi i gyd gael swper cyn mynd i gysgu beth bynnag,' meddai Mrs Ifans. 'Tyrd, Megan, 'y merch i, os gweli di'n dda—i ni gael gweld beth allwn ni 'neud i swper.'

Aeth y ddwy allan i'r gegin fach ac eisteddodd Gwilym ar stôl deirtroed yn ymyl ei dad.

'Wel, beth wyt ti'n feddwl am y lle, Gwilym?' gofynnodd Mr Ifans.

'O iawn. Mae'n dawel iawn 'ma.'

'Ydy mae hi. Fe welwn ni i gyd dipyn o newid. Fuest ti'n gweld tipyn o'r lle gynne fach?'

'Y . . . do, fe fues i'n edrych o gwmpas . . . y . . . beudy a'r ydlan.'

'O? Mae'r cyfan yn wag nawr, wrth gwrs. Aros di nes byddwn ni wedi cael y gwartheg a'r gwair rwy' i wedi brynu . . .'

'Y . . . Nhad . . .'

'Wel?'

'Y . . . y'ch chi'n gwbod am yr hen le bach 'na o dan y grisie cerrig . . .'

'Grisie cerrig? Aros di nawr . . . y rhai sy'n arwain i'r storws uwchben y stabal mae'n debyg wyt ti'n feddwl. Ie, beth amdanyn nhw?'

'Mae drws bach o dan y grisie; sylwoch chi pan fuon ni 'ma o'r blaen?'

'Do, rwy'n meddwl do fe. Cut yr hwyed yw e mae'n debyg. Fe fu raid i dy fam esbonio i fi beth oedd e hefyd. Dyna faint o ffermwr ydw i, wel'di!'

'Nhad . . . y . . . rwy'n meddwl fod rhywun mewn fanna.'

'Yng nghut yr hwyed?'

'Ie.'

Chwarddodd ei dad yn uchel.

'Oes, debyg iawn—llygod mawr, neu rai bach. Fe fydd rhaid i ni gael tair neu beder cath i ddelio â nhw cyn gynted ag y gallwn ni.'

Ni ddywedodd Gwilym ddim yn ateb i hyn. Llygod? Ie, dyna'r esboniad mwyaf tebygol. Roedd e wedi gweld un yn y beudy. Ac eto . . . A oedd e wedi clywed sŵn anadlu? Na, doedd bosib! Roedd e'n eistedd yn ymyl ei dad yn awr ac ni allai ei glywed ef yn anadlu. Ond roedd e wedi clywed sŵn cyffro yn y gwellt, roedd e'n eithaf siŵr o hynny. Felly rhaid mai llygoden oedd yno. Ond wedyn, doedd e ddim yn fodlon. Roedd e wedi cael y syniad pan agorodd e ddrws y cut hwyaid fod rhywun neu rywbeth mwy na llygoden yn gorwedd yn y gwellt.

'Nhad,' meddai wedyn. 'Y'ch chi'n meddwl y byddai ambell i hen dramp yn dod 'ma i gysgu dros nos . . . y . . . cyn i ni ddod . . . pan oedd y lle 'ma'n wag rwy'n feddwl?'

'Gwilym,' meddai ei dad, gan wenu arno, 'wyt ti'n dal i feddwl fod rhywun yn y cut hwyed?'

Gwingodd y bachgen yn anesmwyth. Rhoddodd ei dad ei law ar ei ysgwydd.

'O'r gore,' meddai, 'os wyt ti'n mynd i feddwl trwy'r nos heno fod 'na ryw hen drempyn peryglus yn y cut hwyed, rwy'n ofni na chysgi di ddim winc. Felly does dim amdani ond mynd allan ein dau gyda'n gilydd i weld . . .'

'Ddewch chi, Nhad?'

Cododd Tom Ifans ar ei draed.

'Tyrd,' meddai, 'gad i ni fynd. Fe fyddwn ni'n ôl cyn y bydd swper yn barod.'

Yna edrychodd o'i gwmpas. 'Ble mae'r dorts 'na dwed?'

Yna gwelodd y dorts fawr ar y silff ben tân. Cydiodd ynddi a'i rhoi yn ei boced.

Yr oedd y buarth yn dywyll yn awr. Roedd y glaw mân wedi peidio ac fe ellid gweld rhai sêr yn wincio trwy ambell rwyg yn y cymylau uwchben. Nid oedd sôn am leuad.

Cydiodd Gwilym yn dynn yn llaw ei dad. Beth oedd yn y cut hwyaid? Fe wyddai'n iawn fod ofn arno. Ond gwyddai hefyd fod rhaid iddo gael gwybod.

Aeth y ddau ar draws y buarth nes dod at y drws bach o dan y grisiau cerrig. Fflachiodd Tom Ifans y dorts ar y drws. Yr oedd wedi ei gau yn dynn. Nid felly yr oedd e pan welodd ef gyntaf, meddyliodd Gwilym. Ac nid felly roedd e wedi ei adael chwaith. Gwelodd ei dad yn plygu at y drws isel. Yna roedd ei law fawr wedi ei agor yn sydyn.

Plygodd Tom Ifans yn is er mwyn edrych i mewn i'r cut hwyaid. Yna fflachiodd olau'r dorts i'r tywyllwch.

Gwelodd bentwr o wellt melyn a dim byd arall am foment. Ond wedyn syrthiodd golau llachar y dorts ar wadn esgid yng nghanol y gwellt. Gwadn esgid garpiog ydoedd, a'r lledr wedi treulio'n ddrwg iawn. Roedd Gwilym yn iawn, meddyliodd—yr oedd hen dramp wedi cymryd mantais o'r ffaith fod y fferm yn wag.

'Mas o fanna!' gwaeddodd yn uchel.

Neidiodd calon Gwilym i dwll ei wddf. Roedd ei dad wedi gweld rhywun! Ond ni ddaeth unrhyw symudiad o'r tu mewn i'r cut hwyaid.

'Mas o fanna ar unwaith!' meddai Tom Ifans wedyn. Dim ateb.

Yna estynnodd Tom Ifans ei fraich hir i mewn a chydiodd yn y droed yng nghanol y gwellt. Yr eiliad nesaf roedd Tim wedi neidio i fyny o'r gwellt a tharo'i ben yn boenus yn erbyn to isel y cut hwyaid. Yn awr gwelodd Tom Ifans, er mawr syndod iddo, mai bachgen oedd yn ymguddio yn y cut, ac nid hen drempyn, fel y credodd ar y dechrau.

Yn awr yr oedd Tim ar ei benliniau yn y gwellt yn edrych yn ffyrnig arno, fel rhyw anifail bach, gwyllt wedi ei yrru i gornel. Erbyn hyn yr oedd Gwilym wedi penlinio yn y llaid ar lawr y buarth ac roedd e hefyd yn edrych i mewn i'r cut hwyaid. Yng ngolau'r dorts gwelodd fachgen â'i wyneb yn frown neu yn fawlyd, ni allai fod yn siŵr p'un; a'i ddillad yn garpiog. Hen jersi nefi bliw â'i choler wedi rhaflo'n ddrwg iawn, a dim crys dani.

Am funud fe fu distawrwydd heb neb yn symud. Ni wyddai Tom Ifans beth i'w wneud nesaf. Ond fe setlwyd y broblem drosto pan roddodd Tim naid sydyn am y drws i geisio dianc. Fe fu bron iddo lwyddo hefyd. Roedd e wedi mynd yn ei blyg rhwng coesau Tom Ifans. Ond plygodd hwnnw'n sydyn a chydio yn ei war.

'Gan bwyll! Gan bwyll!' meddai. 'Beth yw'r brys?'

Cododd ef ar ei draed gan ddal golau'r dorts ar ei wyneb. Yna gan ddal ei afael yn ei jersi fe gychwynnodd am y tŷ. Ni phrotestiodd Tim o gwbwl. Roedd e'n disgwyl am gyfle—hanner cyfle—i ddianc.

Dilynodd Gwilym yn dynn wrth eu sodlau.

Martsiodd Tom Ifans ei garcharor i mewn i gegin Dôl Nant.

'Meri!' gwaeddodd o ganol llawr y gegin.

'Mae swper bron yn barod, Tom!' gwaeddodd ei wraig o'r gegin fach.

'Meri, dewch 'ma ar unwaith!' meddai Tom Ifans eto. 'Gwilym,' meddai wedyn, 'clo'r drws 'na a dere â'r allwedd i fi.'

Yna roedd Meri Ifans wedi dod o'r gegin fach.

'Beth? Tom! Pwy yw hwn 'te?'

'Dyna beth hoffwn i gael gwybod, Meri. Roedd e wedi gwneud 'i gartre yng nghut yr hwyed . . .'

'Yng nghut yr hwyed, Tom? O druan bach!' Daeth

Meri Ifans yn nes at Tim ac edrychodd yn garedig arno. Edrychodd Tim hefyd arni hithau. Nid oedd erioed wedi gweld dynes mor dlws â hi. Roedd hi'n gwenu arno a gallai weld ei dannedd gwynion, llyfn. Dannedd felly oedd gan y ferch ifanc yn y llun yn waled ei dad-cu —ei fam, nad oedd e erioed wedi cael cyfle i'w nabod.

'Druan bach, Meri! Ac yntau wedi bod yn byw yn ein cut hwyed ni heb ganiatâd?' Yr oedd llais Tom Ifans yn swnio'n ddifrifol.

'Nawr,' meddai wrth Tim, 'eistedd fan yna i ni gael gwybod beth yw dy fusnes di ffor' yma.'

Gosododd Tim i eistedd ar y stôl deirtroed yn ymyl y lle tân. Eisteddodd hwnnw'n ddigon tawel, ond roedd pob nerf yn ei gorff yn barod i ddianc pan ddôi'r cyfle.

Erbyn hyn roedd Megan wedi dod o'r cefn hefyd; a Gwilym, ar ôl cloi'r drws, wedi dod i mewn i gylch y golau. Edrychodd Tim o un i'r llall. Edrychodd yn hir ar Megan. Roedd hi'n debyg iawn i'w mam, meddyliodd. Pan edrychodd ar Gwilym, gwelodd hogyn gwallt coch a brychni ar ei drwyn a'i dalcen.

'Sipsi yw e, Nhad,' meddai Megan. Dychmygodd Tim fod gwawd yn ei llais.

'Sipsi?' meddai Tom Ifans. 'Rown i'n meddwl mai mewn carafán roedd y rheini'n byw. Chlywes i ddim sôn am sipsiwn yn byw yng nghut yr hwyed erioed.'

Yn dawel bach roedd Tom Ifans yn ceisio cael gan y sipsi carpiog i ddweud rhywbeth. Fe wyddai yn ei galon garedig fod rhywbeth o'i le yn hanes y bachgen yma oedd wedi ei ddarganfod wrtho'i hunan yng nghut yr hwyaid.

'Wel?' meddai wedyn, a'i lais yn fwy caredig y tro hwn, 'wyt ti wedi colli dy dafod, fachgen?'

Yr oedd llygaid duon Tim wedi eu hoelio ar ei wyneb, ond ni ddywedodd yr un gair.

'Beth yw dy enw di?' gofynnodd Tom Ifans wedyn. Dim ateb. Beth oedd y bobol yma'n mynd i'w wneud ag ef? Dyna'r cwestiwn oedd yn poeni Tim y funud honno. A oedd e wedi torri'r gyfraith wrth gysgu mewn sgubor wag? Debyg iawn, meddyliodd, waeth roedd hi'n hawdd iawn i sipsiwn dorri'r gyfraith. Oherwydd hynny nid oedd yn syndod iddo o gwbwl pan ddywedodd Tom Ifans wrth ei wraig,

'O, os nad yw e'n mynd i ateb, Meri, does dim byd i'w wneud ond mynd ag e at y polîs. Fe gaiff e fis o garchar debyg iawn . . .' Ni welodd Tim, Tom Ifans yn wincio ar ei wraig.

Mis o garchar! Y gaseg a'r ebol! Beth fyddai'n debyg o ddigwydd i'r rheini os câi ef fynd i'r carchar?

'Tim Boswel yw'n enw i,' meddai'n swta.

'Boswel!' meddai Meri Ifans, gan wenu arno. 'Rown i'n nabod rhai o'r Boswels pan own i'n ferch ifanc yn Sir Benfro 'ma slawer dydd.'

Edrychodd Tim eto ar y wraig hardd. Roedd hi'n amlwg yn ceisio bod yn gyfeillgar. Ond doedd Tim ddim yn mynd i fod yn gyfeillgar. Roedd ei dad-cu wedi dweud droeon wrtho mai pobol wahanol oedd sipsiwn a phobl tai, a doedden nhw byth yn debyg o ddod ymlaen gyda'i gilydd.

'O, Tim Boswel, iefe?' meddai Tom Ifans. 'Oes 'na

ragor ohonoch chi o gwmpas y lle 'ma?' Ysgydwodd Tim ei ben.

'Dim ond ti dy hunan?' Roedd hi'n amlwg fod Tom Ifans yn ei amau. Nid atebodd Tim y tro hwn. Doedd pobl tai byth yn credu sipsiwn beth bynnag, meddyliodd.

'Tom,' meddai Mrs Ifans, 'mae swper ar y ford ac mae e'n oeri.'

'O?' Roedd Tom Ifans mewn penbleth. Beth oedd e'n mynd i'w wneud â hwn tra bydde fe'n cael 'i swper?

'Ewch nawr,' meddai ei wraig wedyn, 'fe ofala i am Tim nes dewch chi'n ôl. Gwilym—tithe hefyd, 'machgen i. Fe ddaw Megan i'ch tendio chi.'

Aeth Tom Ifans a'i fab a'i ferch allan i'r gegin fach lle'r oedd swper brysiog wedi ei baratoi. Yr oedd allwedd drws ffrynt y ffarm yn llaw Gwilym o hyd.

Ar ôl iddyn nhw fynd, eisteddodd Meri Ifans yn y gadair freichiau henffasiwn yr ochr arall i'r tân oddi wrth Tim. Ond ni chododd Tim ei lygaid i edrych arni. Roedd e'n edrych yn syth ar y llawr o'i flaen.

'Pobol carafán oedd y Boswels slawer dydd; beth sy wedi digwydd i'ch carafán chi, Tim?' gofynnodd Mrs Ifans. Dim ateb.

'Roeddwn i'n nabod rhai o'r Boswels pan own i'n ferch ifanc,' meddai Mrs Ifans eto. 'Fe ges i'n magu heb fod ymhell o'r fan yma, a phan fydde'r sipsiwn yn dod i'r comin, mi fydden nhw'n galw gyda ni. Rown i'n nabod Ruth Boswel.'

Aeth ias trwy gorff Tim. Ruth Boswel oedd ei fam-gu!

'Rown i'n nabod Sara Boswel hefyd, merch Ruth . . .

47

fe fuodd hi a finne'n chware gyda'n gilydd . . . unwaith neu ddwy, rwy'n cofio.'

Cododd Tim ei ben ac edrychodd yn syn ar wyneb hardd Mrs Ifans. Roedd y ddynes yma wedi bod yn chwarae gyda'i fam! Fe agorodd ei geg i ddweud rhywbeth, ond ni ddaeth gair dros ei wefusau. Erbyn hyn roedd Mrs Ifans yn edrych yn syn arno yntau.

'Beth sy, Tim? Ddwedes i rywbeth o le?'

Yna cododd Tim ar ei draed ac aeth gam yn nes ati.

'Sara Boswel oedd enw Mam,' meddai.

'Wel yn wir!' meddai Mrs Ifans gan wenu'n dyner arno. 'Mab Sara y'ch chi iefe, Tim? Sut mae hi? Ydy'r garafán lawr ar y comin? Dwy' i ddim wedi 'i gweld hi ers . . . o . . . yn agos i ddeunaw mlynedd, na, mwy na hynny . . .'

'Mae wedi marw,' meddai Tim, gan ddal i sefyll ar ei draed o flaen Mrs Ifans.

'Wedi marw! O mae'n ddrwg gen i, Tim!' Yn sydyn roedd dagrau wedi cronni yn llygaid Mrs Ifans. Estynnodd ei dwy fraich. 'Dewch 'ma, Tim,' meddai. Aeth yr hogyn gam yn nes ati a stopio. Yna aeth un cam arall ac aros eto, o fewn llathen i Mrs Ifans.

'A'ch mam-gu—Ruth?'

'Wedi marw, a Dad-cu.' Plygodd Tim ei ben i edrych ar y llawr eto.

'Ond mae 'na Boswels eraill—perthnasau i chi, Tim . . .' Nid atebodd y bachgen.

'Ydych chi wrth eich hunan?' Roedd llais Mrs Ifans yn isel. Gwelodd ben cyrliog Tim yn mynd i fyny ac i lawr.

'Ond sut, Tim? Y . . . beth sy wedi digwydd i'r garafán?'

'Wedi llosgi.'

'Wedi llosgi! Dewch nawr . . . mae'n anodd gen i gredu . . .'

Caeodd Tim ei geg yn dynn. Doedd hi ddim yn credu am mai sipsi oedd e. Doedd neb yn credu sipsiwn, hyd yn oed pan oedden nhw'n dweud y gwir.

Sylwodd Mrs Ifans fod y gwefusau wedi cau'n dynn, ac ni ddywedodd ddim am ennyd.

'Tim,' meddai wedyn, 'fe gewch chi aros gyda ni nes . . .'

'Na,' meddai Tim, cyn iddi gael amser i orffen.

'Ond os ydych chi wrth eich hunan . . . heb berthynas na charafán na dim . . . efalle y bydde'n well i chi aros gyda ni nes daw rhai o'ch perthnasau . . . rhai o'r Boswels heibio i'r comin?'

'Ond mae'r gaseg a'r ebol bach . . .' Stopiodd Tim yn sydyn, fel petai wedi sylweddoli ei fod wedi dweud gormod.

'Y gaseg a'r ebol!' Estynnodd Mrs Ifans ei braich a chydiodd yn ei law. Tynnodd ef tuag ati, er bod Tim yn tynnu yn ei herbyn.

'Nawr, Tim,' meddai, 'dwedwch yr hanes i gyd wrtho' i os gwelwch yn dda.'

Yr oedd Tim yn awr yn ddigon agos i arogli'r persawr oedd ar ddillad Mrs Ifans. Roedd croen ei hwyneb mor lân, meddyliodd—fel gwddf alarch.

Yna, heb yn wybod iddo'i hunan, roedd e'n adrodd ei stori wrthi—am yr hen ŵr ei dad-cu'n marw ac am y gaseg yn bwrw ebol yng nghanol nos, am y gwerthu basgedi a sut y daeth e o hyd i'r ffermdy gwag. Yna adroddodd am hen arfer y sipsiwn o losgi'r garafán pan fyddai'r perchennog yn marw, ac fel yr oedd ef wedi gwneud hynny i garafán ei dad-cu, er mwyn iddo gael mynd i Nefoedd y sipsiwn at Sol Burton, Amos Lovell, Abram Wood, Gideon Lee a'r lleill.

Gwrandawodd Mrs Ifans yn syn ar ei stori ryfedd. Pan ddaeth Tim i'r diwedd, fe ddywedodd yn benderfynol,

'Fe fydd *rhaid* i chi aros 'ma!'

'Na!' meddai Tim. 'Sipsi ydw i!'

'Am wythnos neu ddwy, Tim, dyna i gyd. Dim ond nes bydd coesau'r ebol bach 'na wedi cryfhau digon . . .'

Ni ddywedodd yr hogyn yr un gair—dim ond edrych yn syn ar y ddynes hardd o'i flaen. Beth oedd hi'n ei feddwl wrth ddweud peth fel yna? Ai rhyw dric oedd y cyfan?

'Wel, Tim . . .?'

'Wel, os ydych chi'n fodlon i fi gysgu yn y sgubor . . . neu gut yr hwyed . . .' Torrodd Mrs Ifans ar ei draws.

'Na, Tim, nid yn y sgubor na chut yr hwyed; fe gewch chi stafell wely fach i chi eich hunan ar y llofft. Mae'r hen le 'ma'n ddigon mawr . . .' Stopiodd ar hanner y frawddeg, oherwydd roedd hi'n gallu gweld wrth wyneb Tim nad oedd e'n mynd i fodloni ar fyw yn y tŷ gyda'r teulu ar unrhyw delerau.

Gwenodd ar yr hogyn yn dyner.

'O'r gore, Tim, fe gewch chi gysgu yng nghut yr

hwyed os mynnwch chi, does dim gwahaniaeth gen i. Meddwl yr own i 'i bod hi'n fwy cyfforddus yn y stafell fach 'na ar y llofft.'

Ysgydwodd Tim ei ben.

Yna daeth y tri arall yn ôl o'r gegin gefn lle'r oedden nhw wedi bod yn bwyta swper. Ar unwaith roedd llygaid Tim yn gwibio o un i'r llall, ac oddi wrthynt hwy i gyfeiriad y drws caeedig.

Wedyn hoeliodd ei lygaid ar Megan. Yr oedd hi'n amlwg yn awr ei bod yn edrych yn wawdlyd arno. Yn wir, roedd hi'n crychu ei thrwyn arno, fel pe bai'n rhyw bryfyn!

PENNOD VII

Fe gysgodd Tim Boswel yng nghut yr hwyaid y noson honno yn ôl ei ddymuniad. Er iddo gael cynnig swper gan Mrs Ifans, fe'i gwrthododd yn bendant. Fe deimlai mor anghysurus yn y tŷ fel na allai aros yno eiliad yn fwy nag oedd rhaid.

Ac yn y bore fe deimlai'n swil o hyd—mor swil fel nad oedd awydd arno ddod allan o gut yr hwyaid er ei fod yn gallu clywed sŵn traed yn cerdded o gwmpas y ffermdy.

Yna clywodd sŵn traed yn dod at ddrws y cut hwyaid. Gwelodd y drws bach yn cael ei agor a daeth wyneb a gwallt coch Gwilym i'r golwg. Am foment

bu'r ddau'n edrych ar ei gilydd heb ddweud yr un gair.
Gwilym oedd y cyntaf i dorri gair.

'Mae Mam wedi hala fì â'r fasged 'ma . . .' Wrth
ddweud hyn estynnodd fasged frown i mewn i'r cut
hwyaid. Gwelodd Tim y lliain gwyn dros y fasged.
Cydiodd ynddi o law Gwilym a chododd y lliain.
Gwelodd blataid o gig moch, ac wy wedi'i ffrio. Bara
menyn gwyn yn ymyl y plât a chwpan te a soser. Roedd
tipyn o'r te wedi colli i'r soser. Cyllell a fforc a llwy. Fe
deimlodd Tim lwmp yn ei wddf wrth feddwl am y
ddynes hardd a charedig a oedd wedi cofio bod eisiau
bwyd ar y sipsi bach yn y cut hwyaid.

Cododd y plât allan o'r fasged, a'r gyllell a'r fforc, a
dechrau bwyta—yn araf i ddechrau, am fod Gwilym yn
edrych arno, a doedd e ddim am ddangos iddo fod
cymaint o eisiau bwyd arno. Disgwyliai i Gwilym fynd
i ffwrdd ond aros yno a wnâi'r cochyn, yn edrych yn
syn arno.

'Y . . . mae Mam yn dweud . . .' meddai Gwilym.
Yna stopiodd.

'Beth?' gofynnodd Tim, gan stopio bwyta am funud.

'Fod ebol bach gyda chi—ti.'

'Oes.'

'Ble mae e?'

Edrychodd Tim yn ddrwgdybus arno.

'Pam?' gofynnodd.

Cochodd Gwilym hyd fôn ei wallt.

'Wel . . . y . . . fe hoffwn i 'i weld e, dyna i gyd.'
Roedd e'n swnio braidd yn ddig.

'Fe gei di 'i weld e os wyt ti am,' meddai Tim, yn fwy cyfeillgar.

Gwelodd wên fawr yn lledu dros wyneb Gwilym.

'Mae gen i gaseg hefyd,' meddai.

'Fe ddwedodd Mam. Y gaseg yw mam yr ebol.'

'Doli yw enw'r hen gaseg.'

'Ydy hi'n hen?'

'Yn hen iawn. Dwy' i ddim wedi rhoi enw ar yr ebol 'to.'

Erbyn hyn roedd Tim wedi clirio'i blât a'i roi yn ôl yn y fasged. Nid oedd erioed wedi profi dim mor flasus â'r bacwn a'r wy a'r bara menyn a gafodd y bore hwnnw yng nghut yr hwyaid.

'Pryd ga' i weld yr ebol?' gofynnodd Gwilym.

'Heddi. Mae arna' i eisie mynd i weld sut mae e a'r gaseg y bore 'ma. Fe gei di ddod gyda fi os wyt ti am . . .'

Estynnodd y fasged i Gwilym a daeth ef ei hun allan o'r cut i'r buarth.

Edrychodd o'i gwmpas. Roedd Megan yn sefyll yn nhalcen y tŷ yn edrych arno. Hyd yn oed o'r fan honno gallai weld yr olwg wawdlyd ar ei hwyneb. Dechreuodd yr eneth gerdded i lawr yn araf tuag atynt. Roedd hi newydd ymolchi a gwneud ei gwallt ac edrychai'n lân ac yn dlws iawn. Gwisgai ffedog fach, liwgar dros ei ffrog.

'Gwilym,' meddai, pan ddaeth hanner y ffordd tuag atynt, 'rown i'n meddwl dy fod ti'n mynd i helpu Dadi ar y llofft y bore 'ma?'

'O, mae digon o amser, w,' meddai Gwilym.

'Nac oes ddim; mae e'n disgwyl amdanat ti.'

'Na'dy ddim 'te. Alla' i ddim bod ym mhobman. Fe halodd Mam fi . . .'

'Â bwyd i'r hwyad!' A chwarddodd yn wawdlyd. Yna cerddodd heibio i'r ddau a phlygodd i edrych i mewn i'r cut lle'r oedd Tim wedi bod yn cysgu'r noson cynt.

'Y! 'Ma beth yw lle brwnt!'

'Dyw e ddim yn frwnt!' meddai Tim yn ffyrnig.

'Na, dyw e ddim yn frwnt i sipsiwn,' meddai Megan yn greulon.

Teimlodd Tim ei fochau'n fflamio. Wrth gwrs, roedd e'n hen gyfarwydd â gwawd o'r math yma oddi wrth bobol tai. Ond oddi wrth yr eneth dlos yma, merch y ddynes a oedd wedi bod mor garedig wrtho, roedd e'n annioddefol.

Yn sydyn trodd ar ei sawdl.

'Wyt ti'n dod?' gwaeddodd ar Gwilym. Yna roedd e'n rhedeg nerth ei draed i lawr am waelod y buarth tua'r cwm lle'r oedd yr afon—a lle'r oedd e wedi gadael y gaseg a'r ebol y diwrnod cynt. Aeth Gwilym ar garlam ar ei ôl.

'Gwilym!' gwaeddodd Megan, 'dere'n ôl ar unwaith!'

Am foment safodd y cochyn mewn petruster. Edrychodd ar ei chwaer, yna ar gefn y sipsi a oedd yn prysur ddiflannu i lawr dros y fron. Ar ôl Tim yr aeth e.

'Gwilym!' Ond roedd Megan yn gweiddi'n ofer. Roedd y ddau fachgen yn hanner rhedeg, hanner llithro i lawr y fron serth.

Cydiodd Megan yn y fasged a adawodd Gwilym ar

lawr yn ei hymyl, ac aeth yn ôl am y tŷ i ddweud wrth ei rhieni.

Daeth y ddau fachgen i waelod y fron lle'r oedd yr afon. Yno tyfai'r borfa'n uchel ac yn drwchus, ac roedd e'n wlyb ar ôl y glaw y noson cynt.

O dan goed gwern a dyfai yn ymyl y dŵr yr oedd y gaseg a'r ebol bach. Safodd Gwilym yn stond i edrych ar y ddau.

Gweryrodd y gaseg yn isel a daeth ar ei hunion at Tim, fel pe bai'n falch iawn o'i weld. Rhoddodd y sipsi ei law ar ei thrwyn melfed a rhedodd fysedd ei law arall trwy ei mwng trwchus. Ond roedd llygaid Gwilym ar yr ebol bach, coesog.

O, roedd e'n ddel! Nid oedd erioed o'r blaen wedi gweld ebol mor ifanc, yn wir, nid oedd erioed wedi sefyll mor agos at ebol yn ei fywyd. Roedd y creadur bach wedi dod yn ddigon agos iddo allu cyffwrdd ag ef.

Yn sydyn trodd at y sipsi.

'Y . . . wyt ti'n mynd i fyw gyda ni mwy?' gofynnodd.

Edrychodd y ddau ar ei gilydd. Yna ysgydwodd Tim ei ben.

'Byw gyda chi! Na.' Yna chwarddodd â'i ben yn yr awyr.

'Pam?' gofynnodd Gwilym.

'Fi'n byw gyda chi? Ond sipsi ydw i, a phobol tai ydych chi. Mae rhaid i sipsiwn fyw mewn carafán a symud . . .'

'Does dim *rhaid* iddyn nhw.'

'Oes. Ac mae rhaid i chi aros mewn tŷ a . . . a . . . mynd i'r ysgol a . . .'

'Wyt ti ddim wedi bod yn yr ysgol o gwbwl?'

Ysgydwodd Tim ei ben, a chrychu ei drwyn.

'Naddo, a dwy' i ddim yn bwriadu mynd chwaith. Mynd i'r ysgol wir!'

'Ond maen nhw'n dysgu darllen a symie a . . . Wyt ti'n gallu darllen?'

'Dim llawer, 'sgen i ddim diddordeb mewn darllen.'

'Ond mae storïe pert mewn llyfre . . . a rhaid i chi allu darllen cyn gallwch chi fwynhau'r storïe.'

'*Adrodd* storïe mae'r sipsiwn, nid 'u darllen nhw.'

'Ond mae *rhaid* mynd i'r ysgol,' meddai Gwilym.

'Does dim rhaid i blant y sipsiwn; maen nhw'n symud o hyd, allan' nhw byth.'

Yn sydyn cydiodd â'i ddwy law ym mwng y gaseg a neidio ag un sbonc ar ei chefn.

Edrychodd Gwilym arno gydag edmygedd. Fe garai ef fod ar gefn y gaseg y funud honno. Roedd yn well ganddo geffylau na dim byd. A fyddai ef yn gallu neidio ar gefn ceffyl ag un sbonc fel yna rywbryd? Roedd Megan yn hoffi ceffylau hefyd, ac roedd eu tad wedi addo prynu merlyn bach iddynt ar ôl symud i fyw i'r wlad o Abertawe.

'Rwy' i'n mynd i gael ceffyl hefyd,' meddai wrth Tim, a oedd yn eistedd yn llonydd ar gefn y gaseg.

'Wyt ti'n gallu reidio?' gofynnodd Tim.

Ysgydwodd Gwilym ei ben. Llithrodd Tim i lawr o gefn y gaseg a daeth yr ebol bach at ei fam a dechrau sugno, gan siglo'i gynffon yr un pryd.

'Mae pysgod yn yr afon 'ma,' meddai Tim.

'Oes e wir?'

'Oes. Fe'u gweles i nhw ddoe. Wyt ti am i fi ddal pysgodyn i ti?'

'Wyt ti'n medru?'

'Wrth gwrs hynny.' Tynnodd Tim y gyt a'r bachau roedd e wedi'u cael yn waled fawr ei dad-cu, allan o'i boced. Wedyn tynnodd y gyllell boced. Trawodd ei lygad ar wialen a dyfai yn ymyl y dŵr. Aeth ati a'i thorri â'r gyllell boced fawr.

Wedi trwsio tipyn arni edrychai'n ddigon tebyg i wialen bysgota. Clymodd Tim y gyt a'r bachyn wrth flaen y wialen mewn byr amser. Yna cerddodd at ymyl y nant a Gwilym gydag ef. Roedd glaw'r noson cynt wedi chwyddo tipyn ar ddŵr y nant a'i droi'n llwyd.

'Edrych am fwydyn,' meddai Tim.

'Mwydyn?'

'Ie, ie, mwydyn.'

Ond Tim ei hunan ddaeth o hyd i abwydyn, o dan garreg lefn a orweddai yn y borfa yn ymyl y nant. Abwydyn coch a hwnnw'n gwingo fel neidr yn ei law. Gwyliai Gwilym ef yn astud, ond bu bron iddo orfod troi ei ben i ffwrdd pan welodd y sipsi'n gwthio'r bachyn miniog trwy gorff tenau'r abwydyn coch.

Dewisodd Tim un o'r pyllau llonydd yn y nant. Gadawodd i'r abwyd lithro i lawr gyda'r dŵr i gyfeiriad y pwll. Ni ddigwyddodd dim. Cododd yr abwyd wedyn a'i ollwng i lawr yn araf unwaith eto. Y tro hwn teimlodd blwc cynhyrfus ar y wialen. Yr eiliad nesaf roedd Tim wedi troi oddi wrth y dŵr ac wedi taflu pysgodyn tua phum modfedd o hyd ar y borfa wrth draed Gwilym. Yn awr roedd y pysgodyn yn neidio'n wyllt ar y borfa. Ond cyn pen winc roedd Tim wedi cydio ynddo a tharo ei ben yn erbyn ei esgid. Dyna ddiwedd ar ei strancian. Wedyn aeth y sipsi ati i gael y bachyn o'i geg. Nid gwaith hawdd oedd hynny oherwydd roedd y brithyll anffodus wedi ei lyncu'n ddwfn.

Wedi ei gael yn rhydd daliodd Tim y pysgodyn i fyny. Roedd e'n loyw fel swllt yn yr haul. Roedd llygaid y sipsi'n loyw hefyd, ac roedd hanner gwên ar ei wyneb.

'Wyt ti am drio?' gofynnodd i Gwilym.

'O, ydw!' meddai hwnnw.

'Rhaid i ti edrych am fwydyn 'te.'

Cododd Gwilym ddwy garreg yn ymyl yr afon heb weld yr un abwydyn. Pan gododd y trydydd gwelodd abwydyn braf yn gorwedd mewn rhigol o dan y garreg. Oedodd am eiliad, mewn ofn cydio ynddo. Yr eiliad nesaf roedd y peth gwinglyd wedi suddo o'r golwg i'r ddaear.

'Dyma un i ti!' gwaeddodd Tim. Estynnodd abwydyn braf i Gwilym. Cydiodd hwnnw ynddo ac aeth ias trwyddo pan deimlodd ef yn gwingo rhwng ei fysedd. Bu bron iddo ei ollwng o'i law.

Estynnodd Tim y bachyn iddo. Cymerodd Gwilym ef o'i law a cheisiodd roi'r abwyd ar y bachyn miniog. Ond ni allai yn ei fyw. Roedd y pry'n rhy fywiog ac yn rhy awyddus i ddianc, ac roedd dwylo Gwilym yn crynu gormod.

'Beth sy'n bod?' gofynnodd Tim.

'Y . . . rwy'n methu . . . dwy' i ddim yn medru . . .'

'O'r babi mowr,' meddai Tim gan chwerthin. Cydiodd

yn y bach a'r abwydyn o'i law a chyn pen winc roedd e wedi gwneud y tric.

Cymerodd Gwilym y wialen a thaflodd y bach i'r dŵr fel y gwelodd y sipsi'n ei wneud, a gadawodd i'r abwyd lifo i lawr gyda'r dŵr. Aeth yr abwyd i lawr i'r pwll a suddo i'r gwaelod. Trodd Tim ei ben i wylio'r ebol bach a'i fam.

Gwyliai Gwilym y dŵr yn byrlymu ei ffordd i lawr i'r pwll. Bob yn awr ac yn y man deuai ewyn gwyn i lawr gyda'r llif ac weithiau dair neu bedair o ddail crin gyda'i gilydd.

Doedd e ddim yn disgwyl dal pysgodyn. Doedd e ddim yn bysgotwr medrus fel y sipsi, meddyliodd. Ond yn sydyn fe deimlodd blwc hir, diog ar y wialen. Ai'r dŵr oedd wedi achosi'r peth? Neu a oedd rhywbeth wedi cydio yn yr abwyd? Tynnodd flaen y wialen tuag ato'n araf. Dyna fe eto—y plwc hir!

'Hei!' meddai, 'rwy'n meddwl . . . fod . . . rhywbeth . . . yn sownd yn y bachyn!'

'Wel lan ag e 'te! Paid ag aros fanna fel delw.'

Tynnodd Gwilym y wialen o'r dŵr. Sylweddolodd ar unwaith fod yna rywbeth byw y pen arall iddi. Yna daeth pen y 'rhywbeth' hwnnw i'r golwg uwchlaw'r dŵr. Ai pysgodyn oedd e? Doedd e ddim . . . Yna gwelodd y creadur i gyd, yn corddi ac yn cynhyrfu dŵr y pwll bach llonydd.

'Llysywen!' meddai Tim. 'Un fawr hefyd.'

Roedd hi'n drwm ar flaen y wialen ond llwyddodd Gwilym i'w chael i dir. Cyn gynted ag y disgynnodd ar borfa'r geulan, fe ddechreuodd wingo a phlethu a chordeddu am y brwyn a'r glaswellt, ac yn waeth na dim, am y gyt. Roedd hi'n frawychus o debyg i neidr. Ni wyddai Gwilym beth i'w wneud. Gwyddai na chymerai'r byd am gydio yn y fath greadur seimllyd, nadreddog. Felly nid oedd yn gwneud dim ond sefyll fan honno'n gwylio'r llysywen yn clymu ac yn datglymu yn y borfa.

Tim a gydiodd ynddi yn y diwedd. Ond llithrodd rhwng ei fysedd yn ôl i'r borfa mewn winciad.

Ond wedyn tynnodd y gyllell boced fawr allan. Rhoddodd ei droed ar ben y llysywen, a chan blygu'n gyflym, torrodd ei phen â'r llafn miniog. Llonyddodd y creadur rywfaint, ond roedd hi'n dal i wingo o hyd, er bod ei phen yn awr wedi ei wahanu oddi wrth ei chorff.

'Mae hi'n fyw o hyd!' meddai Gwilym mewn syndod.

'Ydy. Mae'r sipsiwn yn dweud nad yw llyswennod ddim yn marw nes bydd yr haul yn mynd lawr.'

Edrychodd ar y gyt, a gwelodd ei fod wedi torri'r bachyn i ffwrdd oddi wrtho, wrth dorri pen y llysywen. Roedd y bachyn yn awr ym mol y creadur.

'Dyna hi ar ben am ragor o bysgod heddi,' meddai. 'Mae'r bachyn wedi mynd.'

'O, mae'n ddrwg gen i,' meddai Gwilym.

'Allet ti ddim help.'

Tynnodd Tim y gyt yn rhydd o'r wialen a'i roi yn ei boced.

'Beth wnawn ni nawr?' gofynnodd Gwilym.

'Wyt ti ddim yn meddwl y byddan nhw'n edrych amdanat ti?' gofynnodd Tim.

'Ie—falle bod gwell i ni fynd lan . . . mae llawer o waith i'w wneud siŵr o fod . . .'

Y prynhawn hwnnw, yn union ar ôl cinio, fe aeth Mr Ifans, Gwilym a Megan i ffwrdd yn y car. Yr oedd Mr Ifans am fynd â nhw i weld ysgolfeistri'r ddwy ysgol lle bydden nhw'n mynd i gael eu dysgu o hynny allan. Byddai Megan yn mynd i Ysgol Uwchradd Wern Newydd a Gwilym i ysgol fechan Glanrhyd. Nid oedd y naill na'r llall eto wedi gweld yr un o'r ddwy ysgol.

Ar ôl iddyn nhw fynd aeth Mrs Ifans allan i edrych am Tim. Roedd hi wedi penderfynu yn ystod y nos y byddai rhaid iddi hi a'r sipsi ddod i ddeall ei gilydd yn well. Yn un peth, doedd e ddim yn mynd i gael cysgu rhagor yng nghut yr hwyaid, meddyliodd.

Gwaeddodd Mrs Ifans ar ganol y buarth. 'Tim!' Daeth y sipsi i'r golwg yn nrws y sgubor.

'Dewch i'r tŷ i gael eich cinio, Tim, neu fe fydd y cyfan wedi oeri.'

Er syndod iddi fe ddaeth y bachgen heb ddadlau dim. Roedd hi'n amlwg, meddyliodd, ei fod wedi gweld y lleill yn mynd yn y car—a dyna pam roedd e nawr yn dod gyda hi i'r tŷ i gael ei ginio! Roedd arno fe ofn y lleill, neu roedden nhw'n gwneud iddo deimlo'n swil.

'Dewch mewn, Tim,' meddai'n dawel, pan gyrhaeddodd y ddau ddrws y ffermdy. Arweiniodd Mrs Ifans y ffordd i'r tŷ. Pan ddaeth i'r gegin fawr, lle'r oedd bwrdd hir a llestri arno, gofynnodd,

'Y . . . garech chi olchi'ch dwylo, Tim?'

'Na!' Roedd Tim yn swnio'n bendant.

Gwenodd Mrs Ifans. 'Wel, dyw pawb ddim yn golchi'u dwylo cyn bwyd, wrth gwrs. Mae llawer o ffermwyr rwy' i'n nabod yn gwrthod hefyd.'

'Fyddwch chi'n golchi'ch dwylo cyn bwyd ...?' gofynnodd Tim.

'Bydda' ... ond ...' Gwelodd Tim yn edrych ar ei dwylo gwynion.

Daliodd ei dwy law allan iddo gael eu gweld yn iawn, a gwenodd eto. 'Ydyn nhw'n edrych yn lân?'

'Ydyn.' Yna cofiodd Tim am yr hyn y bu ef a Gwilym yn ei wneud ar lan yr afon fach y bore hwnnw. Cydio mewn mwydod a physgodyn a llysywen. Edrychodd i lawr ar ei ddwylo ei hun. Gwelodd fod cen y pysgodyn yn loyw rhwng ei fysedd. Ond hefyd gwelodd gymaint yn fwy bawlyd oedd ei ddwylo ef na dwylo Mrs Ifans.

'Wel eisteddwch fan yma i gael eich bwyd, Tim,' meddai Mrs Ifans, fel petai wedi anghofio'r cwbwl am ei ddwylo bawlyd.

'Ble alla' i'u golchi nhw?' meddai Tim yn dawel.

'O, y ... fan yma os leiciwch chi.' Pwyntiodd at y lle golchi yng nghhornel pella'r gegin.

Fe olchodd Tim ei ddwylo'n lân, ac yna fe gafodd ginio gan Mrs Ifans. Tra oedd e'n bwyta, fe siaradai Mrs Ifans o hyd ... am Abertawe, ac am yr hyn roedden nhw'n mynd i'w wneud â'r ffarm ar ôl cael y stoc a'r offer ffermio a phethau felly.

Cyn gynted ag y gorffennodd Tim ei ginio, gofynnodd Mrs Ifans iddo, 'Tim ... y ... ddewch chi gyda fi i'r llofft? Mae arna' i eisie rhoi rhyw ddodrefn yn eu lle ... ac rwy'n ofni 'mod i'n rhy wan i'w symud nhw ...'

Cododd Tim ar unwaith. Fe deimlai'n falch ei fod yn gallu helpu'r ddynes oedd wedi bod mor garedig tuag ato. Aeth ar ôl Mrs Ifans i fyny'r grisiau. Ar ben y landin gallai weld pedwar neu bum drws a'r rheini ar agor bob un. Trwy'r drysau agored gallai weld gwelyau—un mawr dwbwl mewn un ystafell, a dau wely llai mewn dwy ystafell arall. Ond nid aeth Mrs Ifans i mewn trwy'r un o'r drysau agored. Yn lle hynny fe aeth ymlaen i ben pella'r landin at ddrws oedd ynghau.

'Rydyn ni wedi rhoi tipyn o drefn ar y stafelloedd eraill i gyd nawr . . . ond mae hon yn anniben o hyd . . . does neb wedi cyffwrdd â hi . . .'

Agorodd y drws ac aeth trwyddo. Dilynodd Tim hi. Roedden nhw mewn stafell fechan, ac fel roedd Mrs Ifans wedi dweud, roedd hi'n llawn annibendod.

Edrychodd Mrs Ifans arno gan wenu.

'Mae'n anodd gwybod ble i ddechrau, on'd yw hi, Tim?'

'Y gwely?' gofynnodd Tim, wedi gweld bod gwely sengl henffasiwn yn ddarnau yn erbyn y wal.

'Ie, ry'ch chi'n iawn, Tim. Fe fydd rhaid i ni godi'r gwely'n gynta er mwyn gweld ble i roi'r pethau eraill 'ma.'

Cydiodd Tim yn nau ben haearn y gwely a'u llusgo i ganol y stafell. Wedyn fe fu ef a Mrs Ifans wrthi'n rhoi'r gwaelod wrth y ddau ben, ac yna'n olaf—yn codi'r matres i ben y gwely. Ar ôl gwneud hyn fe welsant nad oedd llawer iawn o le ar ôl yn y stafell i fawr ddim arall. Roedd yno gwpwrdd bychan a oedd yn ffitio'n iawn yn ymyl y ffenest. Roedd honno'n edrych allan ar yr ydlan wag, a thu draw wedyn—i lawr tua'r dyffryn a'r nant fach lle'r oedd Gwilym a Tim wedi bod yn pysgota y bore hwnnw.

Roedd Mrs Ifans yn hongian dau bictiwr ar hoelion a oedd yn y waliau yn barod. Edrychodd Tim ar y ddau lun. Llun mynydd oedd un, ac eira gwyn ar ei gopa. Llun ceffylau yn cael eu pedoli yn efail y gof oedd y llall.

'Pwy fydd yn cysgu yn y stafell 'ma?' gofynnodd Tim yn sydyn.

Ni ddywedodd Mrs Ifans ddim byd am dipyn, a syrthiodd distawrwydd rhyngddynt. Trodd Tim ei ben oddi wrth y ddau ddarlun ac edrychodd i fyw llygad Mrs Ifans. Roedd honno'n codi rhai o ddillad y gwely oddi ar y llawr i'w rhoi ar y gwely.

'Chi, wrth gwrs, Tim,' meddai o'r diwedd.

'Na, fydda' i ddim,' oedd ateb y sipsi ar unwaith.

Gollyngodd Mrs Ifans y flanced drwchus oedd yn ei llaw i gwympo ar y gwely.

'Tim,' ac roedd rhyw awdurdod newydd yn ei llais, 'eisteddwch fan hyn ar y gadair 'ma.' Heb yn wybod iddo'i hunan bron, fe'i cafodd Tim ei hun yn eistedd.

'Nawr,' meddai Mrs Ifans, 'mae'n hen bryd i ni'n dau ddeall ein gilydd. Os ydych chi am aros 'ma am dipyn . . . ac rwy' i'n hunan a 'ngŵr *am* i chi aros—nid am ein bod ni'n teimlo trueni drosoch chi . . . ond am fod arnon ni eisie rhywun i helpu ar y ffarm—yn enwedig gyda'r merlod . . .'

'Merlod?'

'Ie, Tim, merlod. Mae fy ngŵr a finne wedi pender-fynu, cyn dod yma, ein bod ni'n mynd i gadw merlod.

Mae pris da ar ferlod y dyddie 'ma, Tim. A chan eich bod chi'n sipsi . . . roedden ni'n meddwl . . . wel, gan fod sipsiwn yn arfer bod yn dda gyda cheffylau . . . y gallech chi'n helpu ni ar y dechre. Wrth gwrs, pan fyddwch chi am fynd . . . fyddwn ni ddim am eich rhwystro chi.'

'Dyw sipsiwn ddim yn gallu aros mewn un man am amser hir iawn.' Roedd Tim yn ailadrodd geiriau roedd e wedi eu clywed gan ei dad-cu lawer gwaith.

'Dy'ch chi erioed wedi trio, Tim,' meddai Mrs Ifans.

'Y . . . rwy'n fodlon aros am wythnos neu ddwy . . . y . . . am fis efalle . . . dwy' i ddim wedi trefnu pethe 'to. Rwy'n fodlon gweithio . . . yn fodlon eich helpu chi . . . i dalu am fod y gaseg a'r ebol a finne . . . fydda' i ddim eisie dim arian . . . .'

Gwenodd Mrs Ifans. 'Wel, ardderchog, Tim. Fe gewch chi'r stafell yma . . .'

'Na. Fydda' i ddim yn cymryd y stafell. Mae'n well gen i . . .'

Torrodd Mrs Ifans ar ei draws.

'Tim!' meddai, ac roedd ei llais wedi newid i gyd. 'Fi yw'r feistres ar ffarm Dôl Nant, ac os ydych chi am aros 'ma, fe fydd rhaid i chi wrando arna' i—fel y bydd Megan a Gwilym yn gorfod gwneud.'

'Fydda' i ddim yn cysgu yn y tŷ,' meddai Tim ar ei thraws, yn styfnig.

'O!' meddai Mrs Ifans, ac roedd ei llais wedi newid eto. Yn awr swniai'n drist.

'O, wel, Tim, os taw fel'na y'ch chi'n teimlo, does

dim rhagor i'w ddweud. Alla' i ddim *gwneud* i chi gysgu fan yma mae'n debyg.'

'Na, fe gysga' i yn y cut hwyed . . .'

Ysgydwodd Mrs Ifans ei phen.

'Na, mae'n ddrwg gen i, Tim, ond chewch chi ddim cysgu yn y cut hwyed.'

'Wel, yn y sgubor 'te,' meddai Tim.

Ysgydwodd Mrs Ifans ei phen eto. 'Hon yw stafell y gwas. Hon sy wedi arfer bod. Os ydych chi'n fodlon aros 'ma fel gwas am dipyn, ac roeddwn i wedi gobeithio y byddech chi'n cytuno . . . wel . . . fe fydd rhaid i chi gymryd y stafell 'ma. Rwy' i wedi dweud wrth Tom—fy ngŵr—am brynu cloeon newydd ar ddrws y sgubor a drws y cut hwyed. Fe fydd y ddau le ynghlo heno.'

Cododd Tim oddi ar y gadair ac aeth am y drws.

'Un peth arall, Tim,' meddai Mrs Ifans, cyn iddo fynd trwy'r drws. Stopiodd y sipsi, ond ni throdd i edrych arni.

'Mae'r bathrwm ym mhen pella'r landin fanna, ac mae digon o ddŵr twym yn y tanc. Ewch i gael bàth, ac fe fydd gen i ddillad glân i chi erbyn dewch chi'n ôl.'

Aeth Tim allan gan dynnu'r drws yn galed ar ei ôl. Cerddodd ar draws y landin at ben y grisiau. Yna stopiodd yn stond, a'i galon yn curo'n gyflym. Byw mewn tŷ? Mynd i gael bàth? Sipsi fel fe? Roedd y ddynes yn wallgof. Roedd hi wedi siarad ag e fel—fel petai'n fam iddo! Fel pe bai'n siarad â Gwilym! Ond doedd ganddi hi ddim hawl i siarad fel'na ag ef. Fe fyddai *rhaid* iddo fynd nawr, wrth gwrs. Fedre fe ddim aros rhagor

66

yn y lle yma. Ond y gaseg a'r ebol bach? Beth wnâi e â nhw? A ble'r oedd e'n mynd i gysgu ar ôl gadael Dôl Nant? Ac roedd hi wedi gofyn iddo aros i helpu gyda'r merlod, ac roedd ynte wedi addo . . . ond roedd hynny cyn iddi ddechre rhoi *orders* iddo . . . fel pe bai'n fam iddo . . . !

Trodd oddi wrth ben y grisiau a mynd am y bathrwm ym mhen draw'r landin.

Pan agorodd Mrs Ifans ddrws y stafell fach arall ym mhen pella'r landin clywodd sŵn dŵr yn rhedeg yn y bathrwm. Gwenodd yn fodlon wrthi'i hunan. Wedyn aeth i mewn i stafell Gwilym.

Cyn tynnu ei ddillad bawlyd, fe osododd Tim gadair yn erbyn drws y bathrwm i ofalu na ddôi neb i mewn. Ond wedyn gwelodd fod pâr ar y drws, a thynnodd y gadair i ffwrdd ar ôl gwthio'r pâr i'w le. Yn awr yr oedd y ddau dap dŵr yn rhedeg gyda'i gilydd a'r bàth yn llenwi'n gyflym. Dechreuodd daflu ei ddillad i'r llawr o un i un. Roedd arogl chwys a mwg arnyn nhw bob un. Ai dyna pam yr oedd Megan yn edrych mor wawdlyd arno? Beth oedd hi wedi'i ddweud? '. . . digon glân i sipsiwn?' Edrychodd i lawr ar ei draed noeth. Oedden, roedden nhw'n ddu bron! Mor wahanol i ddwylo Mrs Ifans!

Cododd un goes dros ymyl y bàth a'i rhoi yn y dŵr. Ond tynnodd hi allan mewn winciad. Roedd y dŵr yn rhy boeth! Trodd y tap poeth i ffwrdd a gadawodd i'r dŵr oer yn unig redeg i mewn i'r bàth.

Roedd y dŵr yn rhy oer pan roddodd ei droed i mewn yr ail dro. Fe ddechreuodd deimlo'n ddig iawn. Ni

67

fyddai dim yn well ganddo na chael dianc o'r bathrwm y funud honno. Ond edrychodd eto ar ei draed budron, a throdd y tap dŵr twym ymlaen eto. Yn awr safodd yn y bàth yn disgwyl i'r dŵr ddod yn ddigon cynnes. Gwelodd y darn mwyaf o sebon a welodd yn ei fywyd— ar ymyl y bath gwyn. Un pinc ydoedd ac arogl hyfryd arno. Rhoddodd y sebon i mewn yn y bàth a gwyliodd ef yn suddo i'r gwaelod,

Yna teimlodd y dŵr yn cynhesu a throdd y tap dŵr poeth i ffwrdd. Wrth geisio unioni wedyn fe roddodd ei droed yn ddamweiniol ar y talp gwlyb o sebon yng ngwaelod y bàth. Llithrodd ei droed, a'r eiliad nesaf yr oedd dros ei ben yn y dŵr cynnes. Pan lwyddodd i gael ei ben uwchlaw'r dŵr eto fe ddechreuodd rwbio'i lygaid i gael ei olwg yn ôl. Dechreuodd beswch hefyd oherwydd roedd e wedi llyncu tipyn o'r dŵr.

Ond wedyn fe ddechreuodd deimlo'n hyfryd iawn. Gorweddodd yn ôl â'i ben uwchlaw'r wyneb gan adael i'r dŵr cynnes ei gofleidio.

O'r wardrob fawr yn ystafell Gwilym tynnodd Mrs Ifans siaced o frethyn llwyd. Cot Gwilym oedd hi, ac er bod hwnnw bedair blynedd yn iau na Tim, nid oedd fawr iawn o wahaniaeth yn eu maint. Roedd Tim dipyn yn fychan o'i oed a Gwilym dipyn yn fawr. Yng ngwaelod y wardrob daeth o hyd i drowsus pen-glin o'r un lliw.

'Hym,' meddai Mrs Ifans wrthi'i hunan. 'Fe wna'r rhain y tro'n iawn iddo. Ond does yma ddim pwlofer na gwasgod na dim . . . ac fe fydd y tywydd yn oeri nawr . . .'

Aeth allan o stafell Gwilym ac i mewn i stafell ei merch. Agorodd ddrôr y cwpwrdd bach a safai yn ymyl y wardrob yn stafell Megan. Yn hwnnw roedd yna saith neu wyth pwlofer, rhai'n hen a rhai'n newydd. Tynnodd allan un o'r rhai hynaf, un goch, ac aeth yn ôl i'r stafell fach ym mhen pellaf y landin.

Pan ddaeth Tim allan o'r bathrwm ymhen hir a hwyr roedd Mrs Ifans wedi mynd i lawr y grisiau ers amser. Aeth y sipsi i mewn i'w ystafell. Gwelodd fod y gwely wedi ei daenu a'r dodrefn wedi eu rhoi mewn trefn. Ar y gwely gwelodd y dillad glân. Gadawodd i'w ddillad budr, carpiog ef ei hun gwympo i'r llawr a dechreuodd wisgo'r dillad 'newydd'. Sylwodd fod rhyw arogl hyfryd ar y bwlofer. Wedyn eisteddodd ar y gwely a dechrau symud pethau o bocedi ei hen ddillad i'r dillad oedd amdano.

Pan ddaeth at waled fawr ei dad-cu agorodd hi unwaith eto. Tynnodd allan y sofrins melyn a'u rhoi yn ei boced. Efallai mai'r peth gorau i'w wneud â nhw fyddai eu rhoi i Mrs Ifans i'w cadw drosto. Tynnodd allan y bachau pysgota a'r gyt a rhyw fân bethau eraill a'u rhoi ym mhocedi'r siaced oedd amdano. Wedyn cododd a mynd at y cwpwrdd bach yn ymyl y ffenest. Agorodd ddrôr bychan yn hwnnw a rhoi'r waled i mewn ynddo.

'Tim!' Llais Mrs Ifans y tu allan.

'Ie?'

'Rwy' i am i chi drio'r sgidie 'ma i weld a ydyn nhw'n eich ffitio chi.'

Yna clywodd y sipsi sŵn ei thraed yn mynd i lawr y grisiau.

69

Yn y prynhawn aeth Tim i lawr i lan yr afon i mofyn y gaseg a'r ebol i fyny i'r cae bach yn ymyl y tŷ. Teimlai Mrs Ifans y byddent yn fwy diogel yno. Cafodd drafferth i gael gan yr ebol bach ddringo'r llethr serth, ac roedd hi'n amser te cyn iddo gael y ddau i'r cae dan y tŷ.

Ar ôl cau'r glwyd yn ddiogel arnynt, aeth Tim am y tŷ. Nid oedd car Mr Ifans wedi dychwelyd eto. Ond yn pwyso yn erbyn wal y tŷ yr oedd beic. Yr oedd rhywun wedi galw i weld Mrs Ifans, meddyliodd. Safodd yn y drws i wrando. Gallai glywed llais cryf dyn yr ochr arall i ddrws y gegin. Aeth yn ddistaw bach yn nes at y drws a phlygodd ei ben i wrando wrth dwll y clo. Clywodd lais Mrs Ifans.

'Ond Sarjiant, dwy' i ddim yn mynd i adael i chi fynd ag e o 'ma.'

Sarjiant! Y polîs? Teimlodd Tim ias yn mynd trwyddo. Clywodd y dyn yn peswch yn bwysig.

'Ond mae'n rhaid iddo ddod i lawr i'r stesion i gael ei holi, Mrs Ifans.'

'Ond dyw e ddim wedi torri'r gyfraith . . .'

'Torri'r gyfraith! Nawr, Mrs Ifans, mae 'na garafán wedi llosgi lawr ar y comin—wedi llosgi a rhywun ynddi . . . ac mae Mari Meredith—hen wraig o'r pentre —wedi gweld bachgen a chaseg ac ebol yn gadael y comin! Mae rhaid i ni gael gwbod beth sy wedi digwydd!'

'Ie, rwy'n deall hynny, Sarjiant. Wel, mae'r bachgen 'ma. Tim yw 'i enw fe, ac mae'r gaseg a'r ebol 'ma hefyd. Fe fydd e'n ôl nawr yn y funud . . . fe gaiff e ddod gyda chi wedyn, ond . . . '

Roedd calon Tim yn curo fel morthwyl. Roedd y polîs ar ei ôl. Nid arhosodd i glywed dim yn rhagor. Roedd rhaid iddo ddianc! Ni allai feddwl am ddim ond hynny y foment honno. Ac roedd Mrs Ifans wedi ei fradychu i'r Sarjiant! Roedd hi wedi cytuno â'r polîs. Rhaid ei fod wedi gwneud rhywbeth difrifol iawn pan losgodd y garafán. Rhaid ei fod wedi torri'r gyfraith yn ddrwg iawn, meddyliodd yn wyllt. Clywodd sŵn car yn dod i lawr y lôn. Gwelodd Forris Oxford Mr Ifans yn dod yn gyflym am y clos. Rhaid bod Mrs Ifans a'r Sarjiant wedi clywed sŵn y car hefyd, oherwydd yr eiliad nesaf agorodd drws y gegin a daeth y ddau allan.

Dechreuodd Tim redeg.

Roedd Megan a Gwilym wedi disgyn o'r car pan welsant y sipsi'n mynd heibio iddynt nerth ei draed.

'Hei, aros, y gwalch! Aros!' Gwyddai Tim mai'r Sarjiant oedd yn gweiddi arno. Ond roedd e wedi cyrraedd y lôn erbyn hynny ac ni wnaeth llais sarrug y Sarjiant ond gwneud iddo redeg yn gyflymach.

'Daliwch e! Daliwch e!' Cydiodd y Sarjiant yn ei feic a cheisiodd neidio ar ei gefn. Fe lwyddodd hefyd ond roedd buarth y fferm mor anwastad fel y bu'n rhaid iddo ddisgyn wedyn ar unwaith.

'Tim! Tim!' Llais tenau Mrs Ifans—y ddynes a oedd wedi esgus bod yn garedig tuag ato—ond a oedd yn barod i'w fradychu i'r polîs.

'Beth sy'n bod 'ma?' gofynnodd Mr Ifans, ar ôl dod allan o'r car. Roedd Tim wedi diflannu erbyn hynny.

'Mae'r gwalch bach 'na wedi dianc,' meddai'r Sarjiant. 'Mae'r euog yn ffoi heb ei erlid. Mae'r sipsiwn 'ma'n achosi mwy o drwbwl na neb yn y wlad. Maen nhw'n lladron i gyd, Mr Ifans, ac mae rhai ohonyn nhw'n haeddu cael 'u crogi.'

'Mami,' meddai Megan, 'roedd e'n gwisgo 'mhwlofer i! Mae e wedi dwyn 'y mhwlofer i!'

'Ydy hynna'n wir, Mrs Ifans?' gofynnodd y Sarjiant.

'Na, na, wir i chi. Fi roddodd yr hen bwlofer iddo fe . . .'

'Rhaid i fi fynd ar 'i ôl e, bobol,' meddai'r Sarjiant. 'Fe ddo' i o hyd iddo fe, gewch chi weld.'

Ond ddaeth proffwydoliaeth y Sarjiant ddim yn wir. Fe aeth amser maith heibio cyn y gwelodd y plisman na theulu Dôl Nant Tim, y sipsi, drachefn.

PENNOD X

Aeth yr wythnosau heibio o un i un, ond nid oedd sôn am Tim, y sipsi, yn un man. Bu'r Sarjiant yn chwilio'n ddyfal ar gefn ei feic, ac fe fu'n holi llawer o bobl. Ond nid oedd neb wedi ei weld. Anfonodd y Sarjiant negesau i'r pentrefi cyfagos i ofyn i blismyn eraill gadw eu llygaid ar agor am sipsi bach tua thair-ar-ddeg oed mewn pwlofer goch. Ond ofer fu hynny hefyd.

Erbyn hyn roedd y gaeaf wedi dod i Sir Benfro a'r tywydd wedi troi'n oer iawn. Fe âi Megan a Gwilym i'r ysgol bob dydd serch hynny, ac roedd rhaid i Tom Ifans a'i wraig wneud gwaith y ffarm ar waetha'r oerfel.

Yn aml iawn gyda'r nos, pan fyddai'r teulu'n eistedd o flaen y tân coed mawr yng nghegin Dôl Nant, byddent yn ceisio dyfalu ble'r oedd y sipsi a beth oedd wedi digwydd iddo.

Yna roedd y Nadolig wedi dod—a mynd. Cyn diwedd Ionawr y flwyddyn honno roedd yr eira wedi disgyn yn lluwchfeydd dros bob man, fel na allai neb deithio ar yr heolydd, ac roedd e wedi aros ar lawr nes oedd hi'n ganol Chwefror. Ond wedyn roedd yr hin wedi cynhesu'n sydyn, a'r gwanwyn wedi dod yn gynnar.

Lawer noson yn ystod y gaeaf a'r gwanwyn hwnnw, cyn mynd i'r tŷ am swper, fe fu Gwilym yn rhoi cip fach slei yng nghut yr hwyaid—y twll bach hwnnw o dan risiau'r storws, lle'r oedd e wedi gweld Tim gyntaf erioed. Ond, wrth gwrs, roedd y lle'n wag bob tro.

Yr oedd hi'n fis Mai, a llygaid-y-dydd yn wyn dros y caeau i gyd, pan fu farw'r hen gaseg. Un funud roedd hi'n pori'n dawel yn y cae gyda'r ebol, a'r funud nesaf, roedd hi wedi gorwedd i lawr, ac wedi marw—yn ddistaw a heb wneud unrhyw sŵn na chyffro o gwbwl.

Ond er iddi fynd mor dawel, fe fu ei marw yn gryn sioc i deulu Dôl Nant. Bu raid torri twll anferth yng nghornel y cae i wneud bedd iddi, a bu raid cael tri dyn cryf o'r pentre i'w helpu i gael corff trwm y gaseg i mewn i'r bedd. Fe deimlodd Gwilym lwmp yn ei wddf wrth weld y dynion yn taflu'r pridd coch yn ôl i gau'r bedd.

Fe fu'r ebol, a oedd erbyn hyn wedi tyfu'n greadur ifanc, hardd dros ben, yn bur anesmwyth ar ôl colli ei fam. Fe geisiodd fynd dros ben clawdd allan o'r cae

73

unig fwy nag unwaith. Ni allai ddeall sut y bu iddo gael ei adael wrtho'i hunan mor sydyn. Yn aml iawn y dyddiau hynny fe âi Megan i'r cae ato ar ôl dod adre o'r ysgol. Byddai'n siarad ag ef a rhoi talpiau o siwgr melys iddo, a byddai'r ebol yn rhwbio'i drwyn melfed yn ei boch yn aml. O'r amser hwnnw ymlaen fe fu'r ddau yn gyfeillion mawr iawn. Ambell waith pan gâi'r ebol ddod i'r buarth, fe fyddai'n dilyn Megan o gwmpas ble bynnag yr âi. Ac roedd yr eneth wedi dotio arno'n llwyr. Gwenai Tom Ifans yn aml wrth weld y creadur yn dod i fwlch y cae-dan-tŷ erbyn chwarter wedi pedwar bron bob dydd—roedd e wedi deall fod Megan yn dod o'r ysgol bryd hynny!

Ond byddai Mrs Ifans yn ysgwyd ei phen wrth weld fod ei merch wedi serchu cymaint yn yr ebol. Sut byddai hi os dôi'r sipsi'n ôl i'w hawlio? Ofnai y byddai Megan yn torri ei chalon pe bai'n gorfod madael ag ef.

Erbyn hyn yr oedd gwas newydd yn Nôl Nant— Gwyddel bach, byr, o'r enw John Berry. Cysgai yn y stafell fechan honno yr oedd Mrs Ifans wedi bwriadu i Tim ei chael. Wrth baratoi'r stafell i'r gwas newydd roedd hi wedi edrych yn nrôr y cwpwrdd bach yn ymyl y ffenest, a darganfod y waled. Yna roedd hi wedi eistedd ar y gwely ac wedi edrych y tu mewn iddi. Gwelodd yr amlen wedi ei phlygu a'i selio, a'r wats aur, fechan honno a'r ysgrifen—'Oddi wrth W.P. i S.B.'

Gofynnodd iddi ei hunan, a ddylai hi agor yr amlen? Ond gwyddai nad oedd ganddi hawl i wneud hynny. Wedi chwilio perfeddion yr hen waled daeth Mrs Ifans o hyd i rywbeth nas gwelodd Tim pan fu e'n edrych—

sef modrwy aur, gostus. Modrwy briodas! Priodas pwy? Sara Boswel? Rhaid mai Sara Boswel oedd yr S.B. ar y wats, meddyliodd. Ysgydwodd ei phen. A ddeuai hi i wybod y cwbwl pe bai hi'n agor yr amlen?

Wel, meddyliodd wedyn, byddai rhaid aros nes i'r sipsi ddod yn ôl. Fe deimlai Mrs Ifans yn siŵr y deuai Tim yn ei ôl ryw ddiwrnod i mofyn yr ebol—a'r waled.

Yna roedd yr haf wedi dod ar eu pennau ac fe ddechreuodd cyfnod o brysurdeb mawr ar y ffarm. Daeth yn amser lladd gwair a'i gywain. A'r haf hwnnw, nid gwaith hawdd fu hi i gael y gwair yn sych i'r ydlan, oherwydd tywydd gwlyb a gafwyd trwy fis Mehefin a mis Gorffennaf.

Roedd hi'n fis Medi pan ddaeth y dyn dierth hwnnw i Ddôl Nant i holi ynghylch Tim Boswel.

Roedd Tom Ifans allan yn y caeau a'r plant yn yr ysgol, a dim ond Mrs Ifans oedd o gwmpas y lle. Yr oedd hi ar ei phenliniau yn golchi'r llawr pan glywodd gnoc ar y drws. Cododd ar ei thraed a thynnu ei ffedog sach; yna aeth i agor y drws.

Yno safai dyn tal, tenau, a'i wyneb yn rhychau bach i gyd, er nad oedd yn hen chwaith. Gwisgai gap brethyn, a dillad dyn tref. Roedd sigarét lipa'n hongian rhwng ei wefusau, a'i mwg yn dringo heibio i'w lygad de, nes oedd hwnnw bron ynghau. Gwnâi hyn iddo edrych fel pe bai'n wincio ar Mrs Ifans.

'Mrs . . . y . . . Ifans?' meddai, gan gyffwrdd â phig ei gap.

'Ie, fi yw Mrs Ifans.'

'A!' Tynnodd ei sigarét o'i geg.

75

'Os taw wedi dod i werthu rhywbeth—hadau neu rywbeth fel'na—rwy'n ofni nad yw 'ngŵr . . .'

'Na, na, Mrs Ifans, nid gwerthu ydw i. Dic Harding ydw i, madam . . . y . . . y . . . ditectif.'

Ditectif! Teimlodd Mrs Ifans fel pe bai ei chalon wedi aros am foment.

'O ie . . .' meddai ymhen tipyn.

'Rwy' i wedi galw i geisio cael tipyn o wybodaeth, madam.'

'Ie, ond Mr Harding, rwy'n methu'n lân â gweld pa wybodaeth y galla' i 'i roi i chi . . .'

'Tim Boswel, madam. Rwy' i wedi dod i holi hanes sipsi o'r enw Tim Boswel.'

A! meddyliodd Mrs Ifans, roedd rhywun wedi dod o'r diwedd—ditectif—i holi hanes Tim. A oedd e wedi gwneud rhyw ddrwg newydd?

'Pam mae'r polîs yn holi hanes Tim?' gofynnodd.

'Nid y polîs yn hollol, madam, ditectif preifat ydw i.'

Tynnodd gerdyn bach o'i boced a'i estyn i Mrs Ifans. Darllenodd hithau'r geiriau ar y cerdyn.

'DICK HARDING, PRIVATE INVESTIGATOR, 14 Church Street, Tenby. Tel.: Tenby 1039.'

'Gwell i chi ddod i mewn, Mr Harding,' meddai wedyn. Dilynodd y ditectif hi i'r tŷ.

'Eisteddwch,' meddai, gan bwyntio at gadair yn ymyl y lle tân. 'Wel nawr 'te,' meddai, ar ôl ei weld yn eistedd yn gyfforddus, 'pam ry'ch chi'n holi ynglŷn â Tim Boswel?'

'Rwy'n holi ar ran *client*, Mrs Ifans—un na fedra i ddim datgelu 'i enw fe ar hyn o bryd.'

'O?' Roedd Mrs Ifans mewn penbleth. Pwy allai fod yn fodlon talu ditectif am holi hanes Tim y sipsi? Penderfynodd fod yn ofalus beth a ddywedai wrth y dyn yma.

'Rwy'n deall, madam, 'i fod e wedi bod gyda chi yma am gyfnod . . .?' meddai'r ditectif.

Ysgydwodd Mrs Ifans ei phen. 'Am ddiwrnod, fisoedd yn ôl, fuodd e ddim yn cysgu yn ein tŷ ni o gwbwl.' (Y funud honno roedd hi'n cofio iddo gysgu yng nghut yr hwyaid, serch hynny!)

'A! Ble mae e nawr, Mrs Ifans?' Yn sydyn roedd y ditectif wedi sefyll i fyny'n syth ac edrych i fyw ei llygaid.

'Does gen i ddim syniad,' atebodd hithau ar unwaith. Roedd hynny'n wir beth bynnag, meddyliodd.

'Ydy hi'n wir 'i fod e wedi dwyn pwlofer eich merch, Mrs Ifans?'

'Na, dyw hynny ddim yn wir!' Roedd hi'n ffyrnig. 'Pwy ddwedodd y fath stori wrthoch chi, Mr Harding?'

'Sarjiant Watkins o'r pentre.'

'Mae e'n dweud celwydd. Fi *roddodd* y bwlofer iddo fe.'

'O? Ddygodd e ddim byd oddi wrthoch chi?'

'Dim byd o gwbwl. Wnaeth e ddim un drwg tra buodd e 'ma. Pe bai e wedi dewis, fe alle fod gyda ni yma o hyd. Fe ofynnes i iddo aros 'ma.'

Cododd y ditectif oddi ar ei gadair a dechrau cerdded o gwmpas y gegin.

'Ddwedodd e dipyn o hanes 'i deulu wrthoch chi,

Mrs Ifans?' gofynnodd, gan stopio'n stond ar ganol y llawr.

'Wel fe ddwedodd pwy oedd 'i fam a'i dad-cu.'

'A'i dad, madam? Ddwedodd e pwy oedd 'i dad?' Plygodd ymlaen yn eiddgar wrth ofyn y cwestiwn hwn.

Ysgydwodd Mrs Ifans ei phen. 'Na, ddwedodd e ddim gair am 'i dad. Roeddwn i'n nabod 'i fam slawer dydd, pan own i'n ferch ifanc yn Sir Benfro 'ma . . . Sara Boswel . . . merch hardd iawn oedd hi . . . ond mae wedi marw . . .'

'Fe wn i hynny, Mrs Ifans.' Dechreuodd y ditectif gerdded o gwmpas unwaith eto. Yna stopiodd yn sydyn, a throi at Mrs Ifans.

'Mrs Ifans,' meddai, 'rwy'n edrych am *waled*. Mae Sarjiant Watkins yn dweud 'i bod hi wedi llosgi mwy na thebyg, pan losgwyd y garafán ar y comin, pan fu'r hen Alff Boswel farw . . . ydych chi'n . . . y . . . ydych chi wedi gweld y waled?'

Unwaith eto teimlodd Mrs Ifans fel petai ei chalon wedi stopio. Y WALED!

Bu distawrwydd hir, a'r ditectif yn ei gwylio fel barcud. A oedd hi'n mynd i ddweud wrth y dyn yma fod y waled yn ei meddiant hi? A ddylai hi ei dangos iddo? Yn wir, oni ddylai hi ei *rhoi* iddo?

'Mae hi gyda chi on'd yw hi, Mrs Ifans?' meddai'r ditectif yn dawel.

Ysgydwodd Mrs Ifans ei phen mewn penbleth. Beth oedd orau i'w wneud er lles Tim Boswel? Yna, fel pe bai wedi darllen ei meddwl, dywedodd y ditectif, 'Er lles y bachgen, rwy' i am gael y waled 'na, Mrs Ifans.'

Yna, gwnaeth Mrs Ifans benderfyniad.

'Na,' meddai, 'dyw'r waled yna ddim yn cael mynd i ddwylo neb ond i ddwylo Tim Boswel.'

'A! Mae hi gyda chi felly!' Gwelodd Mrs Ifans ei bod wedi rhoi'r gyfrinach iddo heb yn wybod iddi ei hunan. Roedd y ditectif yn sefyll o'i blaen yn awr.

'Mae Tim am i mi fynd â'r waled iddo fe,' meddai. Edrychodd Mrs Ifans ar ei wyneb. Roedd e'n gwenu arni.

'Ydy Tim wedi dweud? . . . Wel, os felly . . .' Cododd ar ei thraed a mynd am y drws oedd yn arwain i'r llofft. Yna stopiodd yn sydyn. Roedd syniad wedi taro yn ei phen. Funud yn ôl doedd y ditectif ddim yn siŵr a oedd y waled yn ei meddiant. Yn wir, roedd e'n meddwl efallai ei bod hi wedi llosgi yn y garafán. Sut oedd e'n gallu dweud felly ei fod wedi dod oddi wrth Tim, ac wedi cael gorchymyn ganddo i gymryd y waled . . . ? Roedd e'n dweud celwydd! Gwyddai yn ei hesgyrn ei fod yn dweud celwydd! Nid wedi dod oddi wrth Tim yr oedd y dyn yma; neu fe fyddai'n gwybod mwy o'i hanes ac o hanes y waled.

Trodd yn ôl o'r drws. 'Na, Mr Harding, fel rwy' i wedi dweud yn barod, fe gadwa' i'r waled nes daw Tim 'i hunan i'w mofyn hi.'

'Dewch â hi i fi, neu fe rodda' i'r gyfraith arnoch chi!'

'Gwnewch chi fel y mynnoch chi, Mr Harding. Mae Mr Ifans, 'y ngŵr i'n gyfreithiwr. Fe fydd e 'ma am 'i de cyn bo hir nawr, ac fe gaiff e siarad â chi.'

Gwelodd y ditectif ei bod yn benderfynol. Ond gwnaeth un ymdrech arall serch hynny.

'Er mwyn Tim, Mrs Ifans, dewch â'r waled i fi.'
Estynnodd ei law allan wrth ddweud hyn.

'Mae'n ddrwg gen i. Dewch chi â Tim yma. Eisteddwch, Mr Harding, fe fydd 'y ngŵr yma nawr . . .'

Ond roedd y ditectif wedi mynd am y drws agored.

'Fe fydda i'n ôl, madam,' gwaeddodd o'r drws, 'fe fydda i'n ôl â gwarant . . .'

Yna roedd e wedi brasgamu ar draws y clos ac i fyny'r lôn fel milgi.

PENNOD XI

Ond beth oedd wedi digwydd i Tim Boswel?

Ar ôl dianc i fyny'r lôn o Ddôl Nant, roedd e wedi mynd nerth ei draed trwy'r pentre ac allan i'r ffordd fawr, agored. O'i flaen gallai weld mynyddoedd Preseli yn ddu ar draws yr awyr. Pe bai'n gallu cyrraedd y mynyddoedd fe fyddai siawns dda ganddo i ymguddio nes byddai'r polîs wedi anghofio amdano.

Gan ei fod allan o wynt, bu raid iddo gerdded yn lle rhedeg. A dyna pryd y stopiodd y lorri fawr honno yn ei ymyl.

Meddyliodd yn siŵr ei fod wedi cael ei ddal. Ni fyddai gyrwyr lorïau byth yn cynnig lifft i blant sipsiwn, nac i sipsiwn chwaith.

Ond clywodd lais yn gweiddi arno.

'Wel, wyt ti am lifft neu nagwyt ti?'

Trodd Tim ei ben a gweld dyn tew wrth olwyn y lorri

yn gwenu arno. Y foment honno sylweddolodd Tim nad oedd yn edrych fel sipsi o gwbwl yn y dillad newydd (ail-law) roedd Mrs Ifans wedi'u rhoi iddo.

Dringodd i fyny'r ddwy ris ac i'r sedd flaen yn ymyl y gyrrwr.

'I ble?' gofynnodd hwnnw.

'Y . . . Rhos Goch,' meddai Tim ar amrantiad. Roedd e wedi cofio mewn pryd fod yna bentre Rhos Goch, a hefyd Comin Rhos Goch, lle byddai llawer o sipsiwn yn crynhoi.

'A! Rwyt ti'n lwcus waeth rwy'n mynd trwy bentre Rhos Goch,' meddai'r gyrrwr.

'Diolch yn fawr,' meddai Tim.

Yr oedd hi'n dechrau nosi pan stopiodd y lorri fawr i Tim gael disgyn, ym mhentre tawel Rhos Goch. Ar ôl gweld y lorri'n diflannu heibio i'r tro, cerddodd yn ei flaen i gyfeiriad y comin a oedd rhyw hanner milltir y tu allan i'r pentre.

Cyn bo hir gallai weld golau cochlyd tanau ar y comin. Roedd yno sipsiwn beth bynnag, fwy nag un teulu ohonynt, efallai, meddyliodd.

Yna roedd e ar y comin, ac roedd arogl y mwg a'r ceffylau a swper y sipsiwn yn ei ffroenau. Teimlai fel pe bai wedi dod adre ar ôl bod i ffwrdd am amser hir.

Bron y cyntaf a welodd ar ôl cyrraedd oedd hen ddynes gam a eisteddai wrthi ei hunan wrth dipyn o dân eithin. Roedd hi'n smocio pibell glai ac yn edrych yn freuddwydiol i'r fflamau.

Adnabu Tim hi ar unwaith. Yr hen Edith Lovell, neu Edith Muir, i roi ei henw iawn iddi, waeth roedd hi wedi priodi Sgotyn o'r enw Duncan Muir. Roedd Edith yn hanner chwaer i fam-gu Tim Boswel, a chofiai'r hogyn y funud honno ei fod wedi cael ei ddysgu i alw 'Anti' arni. Cofiodd hefyd iddi ddangos llawer o garedigrwydd tuag ato ef a'i dad-cu pan ddigwyddent aros ar yr un comin.

Safodd Tim yn y cysgodion am dipyn, cyn mentro 'mlaen ati. Ble'r oedd yr hen Duncan tybed? Roedd arno ofn y creadur hwnnw. Nid un o deulu'r sipsiwn oedd Duncan Muir o gwbwl. O na, un o 'bobol tai' oedd ef. Roedd e'n deiliwr da dros ben, a phe bai wedi dewis gallai fod wedi dilyn y grefft honno a byw'n gyfforddus mewn tŷ yn rhywle. Ond roedd e wedi cyfarfod ag Edith Lovell, pan oedd honno'n un o ferched harddaf teulu'r sipsiwn, ac roedd e wedi ei charu a'i phriodi—er gwell neu er gwaeth. A byth er hynny, ar hyd y blynyddoedd, bu'r ddau yn cweryla ac ymladd â'i gilydd. Yn aml iawn fe fyddai Duncan yn madael â hi ac yn mynd i ffwrdd am wythnosau neu fisoedd i deilwria. Bryd hynny byddai'n cysgu mewn tai ac yn gwisgo'n ddigon parchus. Ond ar ôl bod wrthi'n ddiwyd am dipyn, byddai'r awydd am gwrw'n cael gafael ynddo. Byddai'n dechrau yfed yn drwm wedyn, a meddwi a chweryla â phawb, nes byddai'r arian a gawsai am deilwria wedi mynd i gyd. Yna byddai'n cychwyn ar ôl y garafán ac yn dychwelyd at ei wraig.

Nid oedd y sipsiwn yn hoffi Duncan o gwbwl; efallai am nad oedd na sipsi nac un o bobl tai. Efallai eu bod yn ddig wrtho hefyd am ei fod yn greulon tuag at Edith ei wraig.

82

Camodd Tim ymlaen ar draws mwsog meddal y comin.

'Hylô, Anti Edith,' meddai'n ddistaw. Cododd yr hen wraig ei phen a thynnodd ei phibell o'i cheg.

'Pwy . . .?' Fe geisiodd sbio trwy'r hanner tywyllwch.

'Tim Boswel, Anti Edith,' meddai Tim, gan eistedd wrth y tân yn ei hymyl.

'Tim! Welais i ddim mo'r garafán yn cyrraedd.'

'Does dim carafán, Anti Edith. Mae 'nhad-cu wedi marw.'

Teimlodd law'r hen wraig ar ei ysgwydd. Yna adrodd-odd yr hanes i gyd wrthi. Pan ddaeth i'r rhan o'r hanes oedd yn sôn am losgi'r garafán, dywedodd yr hen wraig, gan siglo'i phen i fyny ac i lawr fel pendil cloc,

'Fe wnest ti'n iawn, Tim. Do fe wnest ti'n iawn.'

Pan ddaeth at yr hanes am y Sarjiant ar ei ôl, gwnaeth yr hen wraig swn yn ei gwddf.

'Ach! Y polîs! Na hidia, fe ofala i amdanat ti.'

'Chi, Anti Edith! Ond beth am Duncan 'te?'

Unwaith eto cydiodd llaw'r hen wraig yn ei ysgwydd.

'Mae e wedi mynd, Tim,' meddai.

''To?' meddai Tim.

'Na, Tim, mae e wedi mynd o ddifri'r tro 'ma.'

'O ddifri?'

'Ie. Mae e wedi bod dros chwe mis i ffwrdd. Fuodd e ddim mor hir â hynna erioed o'r bla'n. Fe gafodd lythyr o Glasgow . . . fod 'i frawd—'i unig frawd—wedi marw . . . a dyma fe'n mynd . . . fe gynigiais i fynd gydag e yn y garafán . . . ond fe ddwedodd na fydden ni byth yn cyrraedd erbyn yr angladd yn y garafán . . .

roedd hynny'n wir, wrth gwrs. Ond rwy'n gwbod erbyn hyn na ddaw e byth 'nôl . . . hen lanc o deiliwr oedd 'i frawd . . . ac roedd 'na dipyn o arian ar 'i ôl e mae'n debyg, Tim . . . Wel, os caiff Duncan 'i ddwylo arnyn nhw, fydd e ddim yn hir yn 'u gwario nhw ar gwrw . . . Fe garwn i fynd i Sgotland, Tim . . . i weld beth sy wedi digwydd iddo . . .'

Roedd llais yr hen wraig yn drist. Plygodd i daflu rhagor o fonion eithin ar y tân.

'Pam nad ewch chi 'te, Anti Edith?'

Ysgydwodd yr hen wraig ei phen.

'Mae'n rhy bell i hen wraig fel fî fentro . . . na, rhaid i fî beidio â chrwydro 'mhell iawn o Sir Benfro mwy, Tim.'

'Mi ddo' i gyda chi, Anti Edith,' meddai Tim.

Edrychodd yr hen wraig yn syn arno. Yng ngolau'r fflamau gallai Tim weld ei hwyneb yn glir. Disgleiriai ei llygaid duon a chwaraeai gwên fach o gwmpas ei gwefusau.

'Ddoi di wir, Tim?' meddai'n feddylgar. 'Ie, dyna be wnawn ni, fachgen—fe awn ni i edrych am Duncan! Fydda' i ddim yn gallu bod yn dawel nes bydda' i'n gwbod be sy wedi dod ohono fe—yr hen fochyn meddw!'

Y noson honno cysgodd Tim unwaith eto mewn carafán—yng ngharafán yr hen Edith Lovell—a theimlodd yn hapus ac yn ddiogel am y tro cyntaf er pan fu farw ei dad-cu. Aeth i gysgu yn sŵn cŵn yn cyfarth a merlod yn gweryru, fel roedd e wedi gwneud lawer iawn o weithiau o'r blaen. Roedd Tim wedi dychwelyd at ei bobl ei hun.

Fore trannoeth, gyda'r dydd, roedd carafán Edith Lovell â'r hen goben frown yn ei thynnu, ar ei ffordd. Ar siafft y garafán eisteddai Tim Boswel â'i ddwy goes yn hongian. Roedd yr awenau yn ei ddwylo a gwelltyn yn ei geg. Roedd y daith bell i'r Alban wedi cychwyn, ac roedd e'n sipsi *iawn* unwaith eto.

Un noson, a'r garafán yn sefyll ar lecyn bach glas yn ymyl y ffordd, a'r tân wedi ei gynnau, a'r hen goben yn pori wyneb y clawdd yn ymyl, gofynnodd Tim yn sydyn i'w fodryb,

'Y . . . Anti Edith . . . pwy . . . pwy oedd 'y nhad i?'

Tynnodd yr hen wraig ei phibell o'i cheg.

'Wyddost ti ddim?'

'Na,' meddai Tim, yn swil.

'Ddwedodd dy dad-cu ddim wrthot ti?'

'Naddo.'

'Wel, wel! Doeddwn i ddim yn Sir Benfro . . . roeddwn i lawr yn ymyl Southampton gyda Duncan. Roedd e wedi ymuno â'r Fyddin . . . roedd hi'n amser rhyfel . . . fe fuon ni lawr ffor'na am ddwy flynedd siŵr o fod . . . chafodd e ddim mynd dros y dŵr . . . pan ddaethon ni'n ôl i Gymru roedd . . . roedd dy fam . . .' Stopiodd yr hen wraig a bu distawrwydd rhwng y ddau am dipyn. Gallai Tim glywed sŵn ffrwtian isel yn dod o'r crochan bach du uwchben y fflamau.

'Nid un ohonon ni oedd e, Tim,' meddai Edith wedyn. 'Rwy'n cofio gofyn i dy dad-cu ryw noson pan oeddet ti'n fabi . . . ond fe ddwedodd, "Meindia dy fusnes," neu rywbeth tebyg. Doedd e ddim am siarad am y dyn . . . y . . . am dy dad . . .'

'Na,' meddai Tim, gan gofio iddo yntau ofyn yn ofer i'w dad-cu.

'Ond fe ddwedodd Ffranses Lee, gwraig yr hen Gideon Lee, fod Sara, dy fam, wedi priodi â rhyw ŵr bonheddig ifanc o Sir Benfro, a'i fod e wedi ca'l 'i ladd yn y rhyfel yn Ffrainc yn fuan wedyn . . . ond dwy' i ddim yn credu, cofia, waeth roedd Ffranses yn rhaffo celwydde . . . Ond mae'n wir rwy'n credu i Sara Boswel briodi rhywun nid . . . sipsi . . . fel y gwnes inne, Tim, fel bues i ddwla. Thâl hi ddim, Tim, cofia; does dim daioni'n dod o briodi rhywun y tu allan i'ch pobol eich hunan. Cofia di hynna, Tim Boswel . . . pan ddaw hi'n amser i ti briodi . . . cofia di mai un o ferched y sipsiwn fydd hi . . .'

Estynnodd ei llaw i dynnu'r crochan bach du oddi ar y tân. Daeth arogl hyfryd cawl cwningen ohono. Tim oedd wedi dal y gwningen mewn magl y bore hwnnw.

Tra bu ei fodryb yn arllwys y cawl poeth i ddwy ffiol bren, meddyliai Tim am y waled a adawodd ar ôl ar fferm Dôl Nant. A oedd y gyfrinach ynglŷn â'i dad yn yr amlen honno yn y waled?

Yna roedd e'n meddwl am yr hen gaseg a'r ebol bach y bu'n rhaid eu gadael hefyd. O, roedd e wedi hiraethu llawer am yr hen gaseg. A phob tro y byddai'n dechrau meddwl am y gaseg, byddai'n cofio Megan, y ferch dlos oedd wedi bod mor angharedig tuag ato. Ond fe gofiai hefyd fod y polîs yn edrych amdano, ac nad oedd wiw iddo fynd yn ôl am amser hir.

86

Dair wythnos yn ddiweddarach, ar ôl aros yma a thraw mewn ffair neu farchnad am ddiwrnodau cyfan, fe groesodd y garafán y ffin rhwng Lloegr a'r Alban; ac am ddwy flynedd—cyn belled ag yr oedd pobl Sir Benfro a Chymru yn y cwestiwn—fe ddiflannodd Tim Boswel fel pe bai'r ddaear wedi ei lyncu.

Pan ddaethant o'r diwedd i Glasgow, cawsant y tŷ lle bu brawd Duncan Muir yn teilwria yn wag a distaw, a'r llenni wedi eu tynnu dros y ffenestri. Nid oedd sôn am Duncan yn unman.

Wedyn roedden nhw wedi cael comin bach i'r garafán y tu allan i'r dref fawr honno, ac roedd Edith wedi dechrau chwilio o ddifri am Duncan.

Gwnâi hynny trwy fynd o un dafarn i'r llall. Dywedai wrth Tim y byddai'n siŵr o ddod o hyd iddo ryw ddiwrnod. Ond aeth wythnosau heibio heb iddi lwyddo i gael cip ar ei gŵr.

Yna, ryw ddiwrnod, pan oedd Tim a hithau'n cerdded yn ôl at y garafán i dreulio noson arall, fe welsant Duncan Muir yn dod i fyny'r stryd i'w cwrdd. Roedd e'n feddw gaib, ac yn sigledig ar ei draed.

'Duncan!' gwaeddodd yr hen Edith.

Safodd ei gŵr yn stond ar y palmant gan edrych yn syn ar y ddau.

'Na!' gwaeddodd. 'Na! Na!' A dechreuodd redeg i lawr y stryd.

Am wythnosau ac am fisoedd ar ôl i'r ditectif rhyfedd hwnnw alw yn Nôl Nant bu Mrs Ifans yn meddwl ac yn pendroni pam roedd e wedi bod mor daer i gael ei ddwylo ar y waled. Beth allai fod yn waled hen sipsi o ddiddordeb i dditectif preifat? Beth oedd y dirgelwch o gwmpas Tim Boswel? Roedd y ditectif wedi dweud 'i fod e'n gweithio ar ran *client* na allai ei enwi. Os oedd yn dweud y gwir, pwy oedd y *client* hwnnw?

A ble'r oedd Tim Boswel? Pam na ddeuai yn ei ôl i mofyn y waled—a'r ebol o ran hynny? Roedd hwnnw wedi tyfu erbyn hyn yn geffyl ifanc, hardd. Dechreuodd feddwl am yr ebol. Roedd rhyw ddirgelwch ynghylch hwnnw wedyn; doedd e ddim yn debyg i geffylau sipsiwn cyffredin o gwbwl. Roedd e'n greadur llawer mwy hardd na'r un ceffyl sipsi a welodd hi erioed. Gan mai merch wedi ei magu ar ffarm oedd hi, fe wyddai rywfaint am geffylau, a theimlai yn ei chalon fod hwn yn geffyl ifanc o frid da. Ond sut oedd hen sipsi wedi dod o hyd i fam yr ebol, a oedd hefyd yn amlwg yn greadur o frid?

Byddai'n dda gan Mrs Ifans pe bai Tim yn dod 'nôl yn fuan i hawlio'r ebol, oherwydd gofidiai fod ei merch, Megan, yn dechrau mynd yn rhy hoff ohono o lawer. Ofnai y byddai gorfod madael â'r ceffyl ifanc yn torri calon Megan os na ddeuai'r perchennog i'w mofyn cyn bo hir. Roedd yr eneth yn mynd yn fwy hoff ohono bob dydd.

Fe wyddai Mrs Ifans yn iawn fod Tim, hwyrach, yn

cadw draw am fod ofn y polîs arno, ond roedd hi'n synnu ei fod wedi gallu cadw draw mor hir. A oedd rhywbeth wedi digwydd iddo? A ddeuai byth?

Un prynhawn pan oedd Mrs Ifans yn glanhau'r llofft a'i gŵr a'r gwas allan ar y tir yn aredig, oherwydd roedd hi'n wanwyn unwaith eto yn Sir Benfro, a Megan a Gwilym yn yr ysgol, fe aeth i ddrôr y bwrdd gwisgo yn ei hystafell wely hi a'i gŵr, a thynnodd allan y waled. Gosododd hi ar y bwrdd o'i blaen ac eisteddodd i lawr. Bu'n edrych yn hir ar hen ledr treuliedig y waled, yna agorodd hi a thynnu allan yr amlen hollbwysig. Pa gyfrinachau oedd ynddi? Fe deimlai'n euog ei bod wedi mentro'i thynnu allan o gwbwl. Byddai ei gŵr yn siŵr o'i beio am fusnesa pe bai'n ei hagor.

Yna roedd ei bys tenau wedi mynd i mewn o dan y sêl a'i dorri. Roedd hi wedi agor yr amlen!

Edrychodd ar ei llun yn nrych y bwrdd gwisgo. Oedd, roedd golwg euog fel lleidr arni, meddyliodd. Fe'i gwelodd ei hun yn gwrido.

Ond wedi mentro mor bell roedd hi'n benderfynol o weld beth oedd cynnwys yr amlen. Rhoddodd ei bysedd i mewn a chyffwrdd â nifer o bapurau. Tynnodd hwy allan. Roedd yno dri darn o bapur gwahanol. Rhyw ddarn go fychan oedd un ohonynt, a hwnnw wedi melynu gan oed. Agorodd hwnnw'n gyntaf. Rhyw fath o dystysgrif, a llun ceffyl hardd uwchben yr ysgrifen, ydoedd. Darllenodd yr ysgrifen wedyn.

Caron Queen by Black Prince out of Fair Lady.

Ysgydwodd ei phen mewn penbleth, heb sylweddoli am funud beth oedd ystyr y geiriau hyn. Yna agorodd

un o'r darnau eraill o bapur. Tystysgrif oedd hwn hefyd
—tystysgrif geni Tim Boswel! Darllenodd Mrs Ifans
hon yn fanwl ac yn eiddgar.

*1st March 1916. Rhos Common, in the Parish of
Llandysilio* . . .

Roedd e wedi ei eni ar dir comin y Rhos, meddyliodd,
ac yn y garafán debyg iawn. Yna edrychodd ar enwau
ei rieni ar y dystysgrif.

O dan y pennawd *Name and Maiden Surname of
Mother* darllenodd . . . *Sarah Phillips formerly Boswell.*
Yna dan y pennawd *Name and Surname of Father*
darllenodd *John Walter Phillips. Officer, Queen's Royal
Regiment, Bryn Brain Mansion, Llandysilio.*

Rhoddodd Mrs Ifans y papur i lawr ar y bwrdd o'i
blaen. Fe deimlai'n gynhyrfus iawn. John Walter Phillips
oedd unig fab yr hen Gyrnol Phillips, Bryn Brain, un o
hen wŷr bonheddig Sir Benfro. Ac roedd Mrs Ifans yn
cofio bod y mab wedi cael ei ladd yn Ffrainc yn ystod
y rhyfel. Wel, wel, meddyliodd—ac roedd etifedd Bryn
Brain wedi priodi Sara Boswel, y sipsi! Roedd y peth yn
swnio'n anhygoel ac yn amhosib. Ac eto dyma dystysgrif
geni eu mab, Walter Timothy—Tim!

Cydiodd yn y trydydd darn papur a'i agor a gwelodd
ar unwaith mai tystysgrif priodas ydoedd a'r enwau ar
honno, yn ddigamsyniol, oedd *John Walter Phillips,
bachelor,* a *Sarah Boswell, spinster.* Dyna'r prawf terfynol,
felly, meddai Mrs Ifans wrthi'i hun. Edrychodd ar y
dyddiad ar y dystysgrif—Chwefror 3ydd 1915.

Plygodd Mrs Ifans y tri darn papur yn ofalus a'u
dychwelyd i'r amlen. Yr oedd ar fin rhoi'r amlen yn ôl

yn y waled, ond wedyn newidiodd ei meddwl a'i rhoi y tu mewn i'w blows wen. Byddai rhaid cael lle diogel iawn i gadw'r amlen yma, meddyliodd. Pe bai'r papurau oedd y tu mewn yn mynd ar goll, hwyrach na fyddai neb yn fodlon credu bod Tim Boswel, y sipsi, yn ŵyr i'r Cyrnol Phillips, Bryn Brain.

Caeodd y waled wedyn, ac aeth i lawr y grisiau i baratoi te. Wrth fynd meddyliai tybed na ddylai hi ddweud y cyfan wrth ei gŵr? Fe ddylai, meddyliodd . . . ac eto, fe deimlai dipyn yn euog ei bod hi wedi bod yn ddigon haerllug i agor amlen gyfrinachol oedd yn perthyn i rywun arall.

Wrth baratoi te fe geisiodd roi trefn ar hanes rhyfedd Sara Boswel a'r gŵr ifanc, cyfoethog oedd wedi syrthio mewn cariad â hi. Cofiai eto mor brydferth ac mor osgeiddig oedd Sara pan oedd yn ferch ifanc. Gallai weld ei hwyneb o flaen ei llygaid y funud honno—y llygaid duon a'r dannedd gwynion. Cofiai fel y cerddai â'i basged ar ei braich—fel dawnsreg ystwyth, ac eto gyda rhyw falchder, er mai sipsi oedd hi.

Rhaid bod etifedd Bryn Brain wedi syrthio mewn cariad â hi dros ei ben a'i glustiau. Ac roedden nhw wedi priodi—yn ddirgel mwy na thebyg—heb yn wybod i'r hen Gyrnol, a fyddai'n sicr yn groes i'r fath briodas. Yna roedd y gŵr ifanc wedi gorfod ymuno â'r Fyddin i ymladd dros ei wlad ac roedd e wedi cael ei ladd yn Ffrainc, fel cannoedd a miloedd o fechgyn ifainc eraill yn ystod y rhyfel ofnadwy hwnnw. Yna roedd Sara wedi marw ar enedigaeth plentyn. Roedd y fam wedi marw, ond y plentyn wedi byw, ac roedd e wedi cael ei fagu gan ei dad-cu—Alff Boswel. Roedd hi'n bosib felly na ddaeth yr hen Gyrnol i wybod am y briodas byth! Efallai na wyddai chwaith fod ganddo ŵyr yn byw gyda'r sipsiwn. Ond pwy oedd wedi anfon y ditectif i chwilio am y waled?

Fe deimlai Mrs Ifans yn gymysglyd iawn. Ni allai gofio a oedd yr hen Gyrnol yn fyw o hyd. Os oedd— efallai . . . Ni fedrai ei meddwl ddychmygu beth allai ddigwydd os oedd yr hen ŵr bonheddig yn fyw. Ond cyn y gallai dim byd ddigwydd roedd rhaid dod o hyd i Tim.

Fe wyddai, wedi cael amser i feddwl, y byddai *rhaid* dweud y cyfan wrth ei gŵr. Ond nid wrth Megan a Gwilym am y tro.

Yna roedd hi wedi rhuthro ati i baratoi te i'r ddau weithiwr allan yn y cae, sef ei gŵr a'r Gwyddel bach, John Berry. Wedi llenwi stên â the poeth a rhoi'r bara menyn a'r cacennau yn y fasged—rhuthro eto i fyny i'r cae lle'r oedd dau ddyn sychedig a newynog iawn yn disgwyl amdani. Chafodd hi ddim cyfle'r pryd hwnnw i ddweud yr un gair wrth ei gŵr am ei darganfyddiadau, gan fod y gwas yno'n clywed y cyfan.

Ar ôl digoni ei gŵr a'r gwas rhuthrodd yn ôl i'r tŷ—y tro hwn i baratoi bwyd i'r plant a oedd ar fin dod adre o'r ysgol.

Plant? Na, nid plant yn hollol mwyach chwaith. Erbyn hyn roedd Megan wedi tyfu'n ferch ifanc, hardd dros ben, ac mor debyg i'w mam ag y gallai fod. Roedd yntau'r cochyn wedi prifio hefyd yn hogyn tal, tenau â brychni haul ar ei wyneb i gyd.

Clywodd Mrs Ifans sŵn traed ar y clos anwastad. Edrychodd ar y cloc. Chwarter wedi pedwar.

Daeth Gwilym i'r tŷ ar ei union, ond rhedodd ei chwaer i lawr i fwlch y cae bach o dan yr ydlan lle'r oedd yr ebol du yn disgwyl amdani. Roedd yntau wedi tyfu'n dal a gosgeiddig erbyn hyn—yn ddigon tal i estyn ei wddf hir dros y glwyd i dderbyn lwmpyn siwgwr a dynnodd Megan o'i phoced iddo. Gweryrodd yr ebol ei fodlonrwydd a'i lawenydd wrth gymryd y ciwb melys o'i llaw. Yna roedd hi'n tynnu ei bysedd dros ei drwyn ac yn clapio'i wddf gloyw dan y mwng trwchus.

Pan ddychwelodd i'r tŷ roedd Gwilym wedi dechrau ei de. Roedd e'n bwyta'n awchus fel rhywun heb gael bwyd ers dyddiau.

'Allet ti ddim aros munud, wrth gwrs,' meddai Megan wrth ei brawd.

Ond cyn i Gwilym gael amser i ateb rhoddodd Mrs Ifans ei phig i mewn.

'Pam na ddôi di at dy de 'run pryd â Gwilym, Megan? Rwyt ti'n boddran gyda'r ebol 'na byth a beunydd. Mae gen i waith i'w 'neud, cofia, ac rwy' i am glirio'r ford 'ma.' Swniai'n ddiamynedd iawn. Edrychodd Megan braidd yn syn arni. Doedd ei mam ddim yn arfer bod fel hyn.

'Roedd e'n 'y nisgwl i wrth y gât, Mam; allwn i ddim 'i siomi fe . . . roedd rhaid i fi fynd lawr . . .' Eisteddodd wrth y bwrdd.

''I siomi fe, wir! Rwy'n ofni mai ti sy'n mynd i gael dy siomi ryw ddiwrnod, Megan.'

'Beth y'ch chi'n feddwl?'

'Rwyt ti'n gwbod yn iawn beth 'wy'n feddwl . . . fe fydd yr ebol yn gorfod mynd o 'ma ryw ddiwrnod.'

Bu distawrwydd yn y gegin am dipyn. Rhoddodd Megan ei llwy yn ei the a dechrau ei droi'n feddylgar.

'Na,' meddai'n benderfynol, 'chaiff e ddim mynd . . .'

'Ond rwyt ti'n gwbod yn iawn nad ni pia'r ceffyl, Megan!'

'Ni sy wedi'i fagu fe . . . fe fydde fe wedi marw oni bai ein bod ni wedi rhoi bwyd iddo fe . . . a stabal yn y gaea' . . . mae e'n codi'n ddwy nawr . . . mae e wedi bod gyda ni'n ddigon hir i ni ddod yn berchen arno fe.'

Ni ddywedodd Mrs Ifans ddim byd am foment. Roedd hi wedi sylwi'n ddiweddar fod ei merch wedi mynd i siarad iaith pobl ceffylau. 'Codi'n ddwy' oedd un o ddywediadau'r bobol hynny. Rhaid ei bod hi'n trafod ceffylau gyda'i ffrindiau yn yr ysgol uwchradd, meddyliodd.

'Dy'n ni ddim yn berchen arno fe, Megan. Tim pia'r ebol, ac rwyt ti'n gwbod hynny'n iawn.' Roedd ei mam wedi dod yn nes at y ford wrth ddweud hyn. Yn awr rhoddodd ei llaw ar ysgwydd Megan a dweud yn ddifrifol,

'Rhyw ddiwrnod, fe fydd y bachgen yna'n dod 'nôl i mofyn yr ebol, ac fe fydd e'n mynd ag e o 'ma.'

Ysgydwodd Megan ei phen. 'Ddaw e ddim 'nôl,' meddai. 'Mae ofan arno fe.'

'Wrth gwrs y daw e. Does dim eisie iddo ofni dim byd—dyw e ddim wedi torri'r gyfraith.'

'Fe losgodd y garafán on'd do fe!'

'Do, ond mae hynny'n hen arferiad gyda'r sipsiwn.'

'Wel, os daw e'n ôl, fydd e ddim yn cael mynd â Fflach, Mami!'

Wedi hir ddadlau a thrafod roedd teulu Dôl Nant wedi rhoi'r enw 'Fflach' ar yr ebol. Fe fu llawer o siarad ar yr aelwyd yn ystod y gaeaf blaenorol ynglŷn â'r enw. Yn y diwedd roedd Mrs Ifans wedi awgrymu 'Fflach'— am ei fod wedi cael ei eni ar noson stormus o fellt a tharanau! 'Fflach y fellten,' meddai Mrs Ifans yn ddifeddwl bron, ac er mawr syndod iddi, roedd pawb wedi derbyn yr enw fel yr un gorau a mwyaf addas i'r ebol.

'Beth bynnag,' meddai Megan wedyn, 'fe allwn ni brynu'r ebol . . . cynnig arian iddo fe.'

Tro Mrs Ifans i ysgwyd ei phen oedd hi nawr. Prynu'r ebol! Doedd hi ddim wedi meddwl am hynny. Ond fe wyddai'n iawn na allent fforddio prynu Fflach er na theimlai fel dweud hynny wrth y plant y funud honno. Doedd y ffarm ddim wedi bod yn talu ers blwyddyn a rhagor, a phan fyddent ar eu pennau eu hunain byddai hi a'i gŵr yn ceisio dyfalu pam nad oedd eu gwaith hwy fel ffermwyr yn llwyddo. Roedd ffermwyr eraill o'u cwmpas yn gwneud yn iawn. Ond roedden nhw wedi cael colledion trwm, un ar ôl y llall. Roedd y fuwch Jersi orau oedd ganddynt wedi cwympo i lawr dros y dibyn i'r ceunant ac wedi cael ei lladd. Roedd yr haf blaenorol wedi bod yn wlyb iawn hefyd ac roedd y gwair wedi pydru yn y caeau, gan iddynt fethu â'i gael yn sych i'w gludo i'r ydlan. Yn dawel bach roedd tipyn o'r bai am hyn ar Tom Ifans, druan. Roedd e'n gw reithiwr da ond yn ffermwr sâl a dibrofiad. Dyna sut y bu iddo fethu cael y gwair i mewn, a dyna pam y bu raid prynu wedyn ar gyfer y gaeaf. Oedd, roedd un golled wedi dilyn y llall ar ffarm Dôl Nant, ac er eu bod i gyd yn hapus iawn yno bellach, fe fyddai Tom a Meri Ifans weithiau'n gofidio oherwydd y prinder arian yn y banc.

Dyna pam roedd Mrs Ifans wedi ysgwyd ei phen pan awgrymodd Megan eu bod yn prynu'r ebol.

Yna roedd y plant wedi gorffen eu te ac wedi mynd at eu gwaith cartref, ac ni fu rhagor o siarad ynghylch yr ebol y prynhawn hwnnw.

PENNOD XIII

Trannoeth roedd hi'n glawio, a chan nad oedd hi'n bosibl gwneud dim ar y tir, fe benderfynodd Tom a Meri Ifans fynd yn y Morris Oxford i lawr i ardal Llandysilio i edrych am blas Bryn Brain, ac am yr hen ŵr bonheddig oedd yn dal i fyw yno. Roedd Tom Ifans wedi darganfod y noson cynt fod yr hen Gyrnol Phillips yn fyw, trwy ffonio ficer Llandysilio i holi ei hanes.

Roedd y ficer wedi dweud bod yr hen ŵr bonheddig yn fyw ond ei fod ers blynyddoedd yn gripil mewn cadair olwyn—effaith hen ddamwain wrth hela. Ond fe fyddai'n dod i'r cwrdd Cymundeb yn yr eglwys unwaith bob mis o hyd. Ond anaml y câi neb ei weld ac anaml iawn y byddai'n mynd o gwmpas yn ei gar mawr, henffasiwn. Roedd ei chwaer, Mrs Matilda Langdon, a'i mab, Rodney, yn byw ym Mryn Brain gydag ef.

Ar ôl cael yr wybodaeth yma gan y ficer, roedd Tom a Meri Ifans wedi bod yn trafod a dadlau ynglŷn â'r hyn oedd orau i'w wneud yn awr, ar ôl i Mrs Ifans agor yr amlen a darganfod y ddwy dystysgrif bwysig. Roedd Tom Ifans yn bendant o'r farn fod rhaid mynd ar unwaith i weld yr hen ŵr bonheddig ym Mryn Brain. Nid oedd ei wraig mor siŵr. Roedd hi'n cofio am y bachgen swil yr oedd yn well ganddo gysgu yng nghut yr hwyaid nag mewn tŷ a gwely cyfforddus—y sipsi bach a oedd wedi treulio'i fywyd i gyd mewn carafán, yn symud, symud o hyd o un man i'r llall. A fyddai ef yn diolch iddi hi a'i gŵr am ddarganfod fod ei dad a'i daid yn wŷr bonheddig?

Ond o'r diwedd roedd ei gŵr wedi ei hargyhoeddi fod rhaid mynd i Fryn Brain i siarad â'r hen Gyrnol Phillips. Roedd hi'n deg iddo gael gwybod . . .

Felly, ar ôl i Megan a Gwilym fynd i lawr i'r pentre i gwrdd â'r bws i fynd i'r ysgol, roedd y ddau wedi cychwyn yn y Morris trwy'r glaw, am Landysilio. Teimlai Mrs Ifans dipyn yn gynhyrfus ac yn awr ac yn y man, rhoddai ei llaw ar yr amlen a gariai y tu mewn i'w blows wen, sidan.

Ceisiai ddyfalu beth fyddai ymateb yr hen ŵr bonheddig i'r stori a oedd ganddynt i'w hadrodd wrtho. A fyddai'n ceisio gwadu'r cyfan? A fyddai'n eu herlid neu'n eu croesawu ar ôl cael yr hanes fod ganddo ŵyr? Byddai rhaid aros i gael gweld.

Yr oedd plas Bryn Brain o fewn ergyd carreg i hen eglwys lwyd, dawel Llandysilio. Tom Ifans welodd enw'r plas wedi ei gerfio ar biler a safai ar ben lôn gul â choed yn tyfu ar bob ochr iddi. Stopiodd y car ar unwaith. Wedi sylwi'n fwy manwl gallent weld simneiau tal yn codi uwchben y coed yng ngwaelod y lôn. Trodd Tom Ifans ben y car i'r lôn ac aeth i lawr ar hyd-ddi'n araf, gan ei bod braidd yn arw a charegog.

Cyn pen dim daethant i olwg ffrynt plas Bryn Brain. Roedd e'n dŷ mawr â rhyw fath o eiddew trwchus dros ei furiau i gyd.

Daeth Tom a Meri Ifans allan o'r car a cherdded trwy'r glaw at ddrws mawr, cerfiedig a chadarn yr olwg. Roedd e ynghau. Roedd grisiau isel yn arwain at y drws ac ar ôl dringo'r rheini roedd y ddau o dan gysgod y feranda ac allan o'r glaw.

Curodd Tom Ifans y drws, gan daflu llygad ar ei wraig yr un pryd. Edrychai braidd yn welw, meddyliodd.

Agorodd y drws ar unwaith bron—yn union fel pa bai rhywun wedi bod yn gwylio ac yn disgwyl amdanynt.

Yna roedd dynes dal, denau wedi ei gwisgo mewn ffrog ddu hollol, yn sefyll o'u blaen.

'Wel?' gofynnodd y ddynes, gan edrych ar y ddau o'u pennau i'w traed.

Cododd Tom Ifans ei het. 'Y . . . rydyn ni wedi galw . . . y . . . i gael gair â'r Cyrnol Phillips . . . madam.'

'O ie? A'ch enw a'ch busnes chi, syr?' Daliai'r ddynes ei phen yn uchel gan edrych i lawr ei thrwyn ar y ddau yn y drws.

'Tom Ifans yw'n enw i, madam—cyfreithiwr—ac

mae 'musnes i â'r Cyrnol Phillips . . .' Edrychodd ei wraig i fyny arno â golwg braidd yn syn ar ei hwyneb. Pam roedd e wedi dweud mai cyfreithiwr oedd e? Ond roedd e yn gyfreithiwr hefyd, meddyliodd wedyn, neu o leiaf roedd e wedi bod yn gyfreithiwr.

Roedd y ddynes denau yn y drws wedi agor ei llygaid ychydig hefyd pan glywodd hi'r gair 'cyfreithiwr'. Yna dywedodd,

'Fydd y Cyrnol ddim yn gweld neb y dyddiau hyn, syr, ond ychydig o'i berthnasau ac un neu ddau o'i hen gyfeillion. Mae e'n hen iawn ac yn fethedig . . .'

Doedd hi ddim yn swnio mor ffroenuchel yn awr. Edrychodd Tom a Meri Ifans ar ei gilydd. A oeddynt wedi dod ar siwrnai ofer wedi'r cyfan?

'Rwy'n casglu mai chi yw Mrs Langdon, madam?' meddai Tom Ifans.

Unwaith eto agorodd y ddynes dal, denau ei llygaid. 'Ie, ond sut . . .?'

'Mae ein busnes ni â'r Cyrnol Phillips yn bwysig, madam, coeliwch fi. Fuase 'ngwraig a finne ddim wedi dod yma heddi trwy'r glaw oni bai fod gynnon ni fater o'r pwys mwya i'w drafod gydag e.'

'Fi sy'n gofalu am holl fusnes 'y mrawd y dyddiau hyn, syr. Felly os oes gennych chi rywbeth pwysig, fe fydd rhaid i chi 'i drafod e gyda fi. Beth yw'ch busnes chi, syr?'

Unwaith eto edrychodd Mr a Mrs Ifans ar ei gilydd. Roedd hi'n amlwg na wyddent beth i'w wneud nesaf. Doedden nhw ddim wedi disgwyl dim byd fel hyn.

'Mae gynnon ni yn ein meddiant ddwy dystysgrif, madam,' meddai Tom Ifans yn araf, '. . . tystysgrif priodas mab y Cyrnol Phillips—y diweddar John Walter Phillips . . .'

Stopiodd wrth weld yr olwg ryfedd ar wyneb y ddynes yn y drws. Roedd ei llygaid yn fflamio gan ddicter ac roedd hi wedi codi ei llaw fel pe bai'n barod i daro Tom Ifans yn ei wyneb.

'Rydych chi'n dweud celwydd, syr,' meddai mewn llais isel. 'Fe fu mab—unig fab—y Cyrnol farw'n ddibriod.'

Ysgydwodd Tom Ifans ei ben. 'Mae'r dystiolaeth gyda ni . . .'

'Profwch hynny!' meddai'r wraig fonheddig ar ei draws. 'Dangoswch eich tystiolaeth i fi . . . wedyn falle cewch chi weld 'y mrawd.'

Aeth llaw Meri Ifans at ei mynwes lle'r oedd yr amlen bwysig. Ond cyn iddi allu ei thynnu allan clywodd ei gŵr yn dweud,

'Fedrwn ni ddim dangos dim byd ond i'r Cyrnol ei hunan rwy'n ofni.'

'Celwydd! Does gynnoch chi ddim tystiolaeth! Rydych chi wedi dod 'ma i dwyllo 'mrawd. Ewch ar unwaith cyn y bydda' i'n galw'r polîs.'

Yn sydyn roedd hi wedi camu'n ôl ac wedi cau'r drws yn eu hwynebau.

Safodd y ddau'n edrych ar ei gilydd am foment hir. Ni wyddent beth i'w wneud yn awr.

Yna fe'u cawsant eu hunain yn cerdded yn araf trwy'r glaw yn ôl at y car. Roedd gwrid coch ar wyneb

Meri Ifans. Ar ôl eistedd ar sedd y Morris Oxford dywedodd, 'Ych-y-fi! Dyna hen fenyw ddrwgdybus ontefe?'

Cychwynnodd ei gŵr y peiriant heb ddweud dim.

'Beth wnawn ni nawr?' gofynnodd Mrs Ifans wrth i'r car fynd yn araf ar hyd y lôn goediog tua'r ffordd fawr.

Ysgydwodd Tom Ifans ei ben. 'Roedd honna'n awyddus iawn i ni beidio cael gair â'r hen ŵr, on'd oedd hi, Meri?'

'Oedd, ond roedden ni'n ddierth . . . a phe bydden ni wedi dangos y tystysgrife iddi . . .'

'Dim o gwbwl, Meri. Mae gen i syniad y bydde hi wedi'u dwyn nhw o'ch llaw chi ac wedyn yn cau'r drws yn ein hwynebe ni.'

'Y'ch chi'n meddwl?'

'Ydw . . . a dweud y gwir . . . rwy'n dechre cael syniade am mei ledi.'

'Beth y'ch chi'n feddwl?'

Erbyn hyn roedd y car wedi cyrraedd pen ucha'r lôn ac wedi aros yno. Yn lle ateb cwestiwn ola'i wraig, fe atebodd Tom Ifans yr un oedd hi wedi'i ofyn funud ynghynt.

'Rhaid i ni fynd nawr i gael gair gyda'r ficer, Meri,' meddai.

Roedd ficer Llandysilio, y Parch. Glyndwr Richards, yn y tŷ gwydr wrth dalcen y Ficerdy. Gallent ei weld trwy'r gwydr gwlyb yn plygu uwchben rhyw blanhigyn bach gwyrdd y tu mewn. Rhaid ei fod wedi clywed sŵn y car oherwydd daeth allan o'r tŷ gwydr yr un pryd ag y cyrhaeddodd y Morris ddrws ffrynt ý Ficerdy a sefyll yno.

'Dewch i'r tŷ o'r glaw,' meddai'r ficer, cyn gwybod hyd yn oed pwy oedden nhw na beth oedd eu neges. Gymaint yn wahanol i'r croeso a gawsant yn y Plas rai munudau ynghynt, meddyliodd Meri Ifans.

Aeth y ficer â hwy i ystafell a oedd yn amlwg yn llyfrgell iddo. Roedd rhesi o lyfrau trymion yr olwg o gwmpas y muriau i gyd. Dyn tal, esgyrnog oedd y ficer, a'i goler gron yn hongian yn llac am ei wddf. Peth rhyfedd ei fod yn gweithio yn y tŷ gwydr yn ei goler gron hefyd, meddyliodd Meri Ifans.

'Eisteddwch; gwnewch eich hunen yn gyfforddus,' meddai wrthynt, gan gyfeirio â bys priddlyd at gadeiriau esmwyth a oedd o gwmpas y stafell. 'Dyma hen fore gwlyb, ontefe? Y . . . dwy' i ddim yn meddwl . . . ein bod ni'n nabod ein gilydd . . . neu a ydw i'n colli?'

'Na, dy'n ni ddim wedi cwrdd yn y cnawd o'r bla'n, ficer,' meddai Tom Ifans gan wenu. Cododd y ficer ei aeliau trwchus.

'Ond yr ydyn wedi cwrdd yn yr ysbryd fel petai,' meddai gan hanner chwerthin. 'Rydyn ni wedi siarad â'n gilydd ar y ffôn. Ni yw Tom a Meri Ifans . . . fe fues i'n eich holi chi ar y ffôn, os y'ch chi'n cofio, ynglŷn â'r Cyrnol Phillips.'

'A, rwy'n cofio nawr,' meddai'r ficer, 'a dyma chi wedi dod lawr i Landysilio i geisio gweld y Cyrnol . . . ac rydych chi wedi methu.'

Edrychodd Tom a Meri Ifans ar ei gilydd yn syn. Ond gwenodd y ficer ac aeth ymlaen. 'Does 'na fawr o neb

yn cael gweld yr hen ŵr erbyn hyn wyddoch chi. Mae
'i chwaer, Mrs Langdon, yn ofalus iawn ohono fe;
mae'n gofalu na fydd neb yn cael 'i boeni fe . . . y,
maddeuwch i fi am ddweud hynna . . .'

Ond nid oedd yr awgrym eu bod hwy wedi dod y
diwrnod hwnnw i boeni'r Cyrnol, yn blino dim ar Tom
Ifans.

'Mr Richards,' meddai, 'mae tystiolaeth wedi dod i'n
dwylo ni fod gan y Cyrnol ŵyr, sy'n fyw heddi . . .'

Roedd y ficer wedi codi ei law. 'Na, maddeuwch i fi,
syr. Rwy'n digwydd gwybod mai dim ond un mab oedd
gan y Cyrnol Phillips ac fe fu hwnnw farw yn Ffrainc
. . . yn ddibriod. Fe fydd stad Bryn Brain yn mynd i
Rodney Langdon ar ôl dydd yr hen ŵr bonheddig . . .
does dim amheuaeth am hynny o gwbl.'

Cododd Tom Ifans ar ei draed. 'Meri!' meddai gan
estyn ei law, 'dewch â'r amlen 'na i fi 'newch chi?'

Rhoddodd Meri Ifans ei llaw yn ei mynwes a thynnu
allan yr amlen bwysig. Cydiodd Tom Ifans ynddi a
thynnu allan y ddwy dystysgrif. 'Rwy' i am i chi gael
gweld y rhain, ficer,' meddai, 'rhag ofn . . .'

Stopiodd yn sydyn. Pam oedd e wedi dweud 'rhag
ofn'? gofynnodd iddo'i hunan.

'Beth sy gynnoch chi fanna, Mr Ifans?' holodd y ficer,
gan dynnu sbectol o boced ei frest. Nid atebodd Tom
Ifans, dim ond estyn tystysgrif priodas Walter Phillips
a Sara Boswel iddo. Agorodd y ficer y papur melyn,
bregus yn araf a gofalus. Edrychodd ar yr ysgrifen. Yna
tynnodd y papur yn nes at ei lygaid fel pe bai'n gwrthod

coelio'r hyn a welai. Cododd ei ben wedyn i edrych yn syn ar y ddau o'i flaen.

'Ond . . .' meddai, 'mae hyn yn anhygoel! Doeddwn i erioed wedi clywed . . . Ond, wrth gwrs, doeddwn i ddim yma yn ystod y rhyfel . . . roeddwn i yn y Lluoedd Arfog fy hunan . . . ond chlywes i neb yn dweud . . .' Stopiodd oherwydd yr oedd Tom Ifans wedi estyn y dystysgrif arall iddo—sef tystysgrif geni Tim Boswel. Edrychodd y ficer yn hir arni a bu distawrwydd yn y llyfrgell am funud. O'r diwedd cododd y ficer ei ben.

'Ydy'r . . . y . . . plentyn yma—mab Walter Phillips Bryn Brain a'r . . . y . . . ddynes—y sipsi 'ma'n fyw?'

'Ydy,' meddai Meri Ifans.

'Hyd y gwyddon ni y mae e,' meddai Tom Ifans. Yna aeth ymlaen i adrodd yr holl hanes wrth y ficer—fel yr oedden nhw wedi cael y bachgen yng nghut yr hwyaid ac fel yr aeth Meri Ifans ar ôl hir betruso, i edrych beth oedd yn yr amlen oedd wedi ei gadael ar ôl pan oedd y bachgen wedi ffoi rhag i'r polîs ei ddal. Nid anghofiodd chwaith yr hanes am y ditectif hwnnw a oedd wedi galw i geisio cael y waled.

'Wel,' meddai'r ficer, pan ddaeth Tom Ifans i ben y stori, 'mae hyn yn mynd i achosi cynnwrf tua'r Plas 'na alla' i fentro dweud wrthoch chi. Y'ch chi'n gweld, mae pawb yn cymryd yn ganiataol mai Rodney Langdon fydd yn dod i'r cwbwl ar ôl dydd yr hen ŵr . . . ond nawr . . . Pam y daethoch chi 'ma ata' i, Mr Ifans? Beth alla' i wneud, dwedwch?'

'Mae'n rhaid i ni gael y wybodaeth 'ma i'r Cyrnol Phillips,' meddai Tom Ifans.

'Fod ganddo ŵyr sy'n sipsi yn byw mewn carafán? Fe fydd yn siom ac yn sioc fawr iddo. Charwn i ddim mynd â'r newyddion 'na iddo fe a'i iechyd e mor fregus.'

'Ydych chi'n siŵr nad yw e ddim yn gwbod dim am briodas 'i fab na genedigaeth 'i ŵyr?' gofynnodd Meri Ifans.

Ysgydwodd y ficer ei ben. 'Does bosib y bydde fe wedi cadw'r gyfrinach drwy'r holl flynyddoedd!'

'Wn i ddim wir,' meddai Mrs Ifans. Roedd hi'n meddwl am ymweliad y ditectif rhyfedd hwnnw â Dôl Nant. Pwy oedd wedi danfon hwnnw?

'Mae e'n dod i'r eglwys unwaith y mis i wasanaeth y Cymun?' meddai Tom Ifans.

'Ydy,' atebodd y ficer.

'Pryd y bydd gwasanaeth y Cymun nesa?'

'Dydd Sul wythnos i'r nesa, Mr Ifans, ond . . .'

'Fe sgrifenna i lythyr byr cyn madael â chi heddi, os y'ch chi'n fodlon, ficer; ac fe fyddwn i'n ddiolchgar iawn i chi os byddwch chi cystal â gofalu fod y Cyrnol Phillips yn cael y llythyr yn 'i law 'i hunan. Y'ch chi'n gweld, rwy'n dechre ofni na châi e ddim mo'r llythyr pe bawn i'n ei anfon drwy'r post.'

'O, does bosib,' meddai'r ficer, 'rwy'n nabod Mrs Langdon yn dda . . .'

'Rhaid i chi gofio 'i bod hi wedi gwrthod caniatâd i ni weld y Cyrnol y bore 'ma. Mae'n bosib ei bod hi, rywfodd neu'i gilydd yn gwybod fod yna ŵyr, a'i bod hi'n ceisio cadw'r wybodaeth oddi wrth ei brawd . . .'

105

'Dwy' i ddim yn credu hynny am foment, Mr Ifans. Ond gan eich bod chi wedi dod yma'r holl ffordd i weld y Cyrnol, ac wedi cael eich siomi—fe rodda' i lythyr iddo fe, os byddwch chi'n fodlon i fì gael cip arno fe ar ôl i chi 'i sgrifennu fe . . .'

'Mae hynny'n ddigon teg, Mr Richards, diolch yn fawr i chi,' meddai Tom Ifans.

'Er, cofiwch,' meddai'r ficer, fel pe bai wedi edifaru'n barod iddo addo gwneud y fath beth, 'wn i ddim a wnes i'n iawn i addo'r fath beth i chi. Fe all yr hen ŵr bonheddig ddigio am byth wrtho' i, heb sôn am Mrs Langdon, sy'n aelod ffyddlon o'r eglwys 'ma 'run fath â'i brawd.'

'Wel, ficer, o leia fe fyddwch chi wedi rhoi cyfle i'r gŵr bonheddig—fe fyddwch chi wedi rhoi'r wybodaeth iddo fe. Os bydd e'n dewis anwybyddu'r wybodaeth a gwrthod cydnabod bod Tim yn ŵyr iddo—yna dyna ddiwedd ar y peth. Ond rhaid i chi feddwl am yr ochor arall i'r ddadl hefyd—beth pe bydde'r Cyrnol yn falch o glywed fod ganddo ŵyr o gwbwl—sipsi neu beidio . . .?'

'Ry'ch chi'n iawn, Mr Ifans . . . mae'n deg ac yn rhesymol iddo gael gwybod beth bynnag. O'r gore, mae 'na bapur ac inc ar 'y nesg i fan'co, a thra byddwch chi'n 'i sgrifennu fe, fe af inne i drefnu cwpaned bach o de . . .'

Bu farw Duncan Muir fel y byddai wedi dymuno—mewn tŷ. Daeth y diwedd ar y dydd olaf o Chwefror 1932 ac roedd yr hen Edith Lovell a Tim wrth ymyl ei wely pan dynnodd ei anadl olaf. Mae'n wir nad yn ei dŷ ei hun y bu e farw, ond yn nhŷ cefnder iddo a oedd wedi cymryd trugaredd arno yn ei gystudd olaf.

Roedd yr hen Edith wedi colli golwg ar Duncan ers wythnosau ond y bore hwnnw roedd hogyn bach wedi dod â neges i'r garafán yn dweud wrthi am frysio os oedd am weld ei gŵr yn fyw. Roedd hi a Tim wedi mynd gyda'r hogyn yn ddiymdroi.

Cawsant y meddwyn mawr yn gorwedd mewn stafell fechan, fyglyd ar fatres bawlyd ar y llawr. Roedd e'n anadlu'n drwm ac roedd gwrid afiach ar ei wyneb garw. Dywedodd y cefnder fod y claf wedi gofyn am Edith y bore hwnnw; dyna pam, meddai ef, yr oedd e wedi gyrru'r hogyn ar frys. Edrychodd Tim ar wyneb ei fodryb. Roedd hanner gwên fach yn chwarae o gwmpas ei gwefusau a gwyddai beth oedd yn mynd trwy ei meddwl y funud honno. Roedd e wedi treulio rhan fawr o'i oes yn ceisio rhedeg oddi wrthi, ond wedi dod yn ôl bob tro. A hyd yn oed y tro olaf oll—ac yntau ar ei wely angau, roedd e wedi gofyn amdani.

Ond beth bynnag oedd gan Duncan y teiliwr i'w ddweud wrth Edith Lovell, y sipsi, yn y diwedd, ni chafodd gyfle i'w ddweud. Yn ystod yr awr neu fwy y buont gydag ef yn y stafell nid agorodd ei lygaid un waith, a barnai Tim, er nad oedd wedi gweld llawer o

bobl yn marw, fod Duncan wedi mynd yn rhy bell oddi
wrthynt ers amser i allu dweud dim wrthynt mwy.

Yna gydag un ochenaid fawr, fe beidiodd yr anadlu
trwm a bu distawrwydd llethol yn y stafell—distawr-
wydd marwolaeth ydoedd.

Gwelodd Tim y cefnder yn rhoi dwylo Duncan
ymhleth ar ei frest. Ni ddywedodd neb yr un gair.
Edrychodd ar ei fodryb. Roedd ei gwefus isaf yn crynu
fel deilen a rhedai'r dagrau'n gyflym i lawr ei bochau
rhychiog. Ond roedd pawb a phopeth mor ddistaw.

Unwaith eto edrychodd Tim ar y corff ar y matres.
Erbyn hyn roedd wyneb Duncân wedi mynd yn welwlas
fel clai ac wedi dieithrio yn rhyfedd iawn. Ond y dwylo
a dynnodd ei sylw'n bennaf. Doedd Tim erioed o'r
blaen wedi sylwi ar ddwylo Duncan. Dwylo delicet, fel
dwylo merch bron, a'r bysedd yn fain ac yn llyfn.
Dwylo'r crefftwr medrus, dwylo'r teiliwr. Am foment
anghofiodd Tim am y meddwyn a'r dyn creulon a oedd
wedi gwneud bywyd ei fodryb yn uffern lawer gwaith—
a chofio'r bysedd yma'n gwnïo y tu allan i'r garafán ar
gomin y Rhos flynyddoedd yn ôl—a Duncan yn gwnïo
gŵn priodas i ferch yr hen Gideon Lee. A'r rhyfeddu
wedyn wrth weld mor hardd oedd y ferch ifanc yn ei
gŵn newydd. Cofio hefyd fel yr oedd yr hen Edith yn
ymfalchïo wrth glywed y sipsiwn yn canmol crefft y
teiliwr a oedd yn ŵr mor anfoddhaol iddi.

Ond bellach dyma ddwylo'r crefftwr yn llonydd am
byth ar ei fynwes, a gwyddai Tim na châi weld byth
mwy y nodwydd loyw rhwng y bysedd hyn yn dawnsio

fel peth byw wrth bwytho, pwytho ar gomin y Rhos nac ar un comin arall chwaith.

Yn sydyn roedd e eisiau mynd allan o'r stafell ddistaw, fyglyd honno. Teimlai fod yn rhaid iddo gael anadlu tipyn o awyr iach y stryd ar unwaith neu byddai'n cyfogi.

Roedd hi'n oer iawn y tu allan yn y stryd ond roedd hi'n well yno nag yn y tŷ lle'r oedd Duncan yn gorwedd. Beth oedd yn mynd i ddigwydd yn awr? Gwyddai yn ei galon y byddai'r hen wraig am droi yn ôl i Gymru bellach, oherwydd ni fyddai wiw disgwyl Duncan yn ôl o unlle mwy.

Ond fe aeth wythnos heibio cyn i Tim a'i fodryb gychwyn yn ôl am Gymru. Fe fu raid aros i'r angladd wrth gwrs, ac yna fe fu Edith yn ceisio dod o hyd i unrhyw beth a oedd ar ôl Duncan. Roedd e wedi gwerthu'r tŷ yr oedd wedi ei etifeddu ar ôl marwolaeth ei frawd ers blwyddyn neu ragor, ond roedd e wedi bod yn byw mor ofer ac mor haelfawr yn ystod y misoedd cyn ei farw fel nad oedd, hyd y gallai Edith ddarganfod, ond rhyw bum punt yn aros. Ac fe aeth y rhan fwyaf o'r rheini i dalu costau'r angladd.

Eisteddai Tim ac Edith yn y garafán ar ôl dychwelyd o'r angladd. Roedd yr hen wraig wedi tanio'i phibell glai ac yn awr roedd hi'n smocio'n fyfyrgar â'i llygaid ar simneiau tai Glasgow fan draw, nad oedd yn ddim erbyn hyn ond cysgodion yn yr hanner gwyll.

'Fe awn ni bore fory, Tim,' meddai o'r diwedd.

Pa sawl gwaith yr oedd Tim wedi dyheu ei chlywed yn dweud y geiriau yna, a pha sawl gwaith roedd e wedi penderfynu mynd ar ei draed ei hun, heb yr hen wraig na'r Duncan melltigedig. Ond bob tro roedd e wedi aros gyda hi. Rywfodd fe gredai na allai hi wneud hebddo bellach. Roedd hi wedi mynd i ddibynnu fwyfwy arno fel yr âi'r misoedd heibio a dim sôn fod Duncan yn fodlon dychwelyd i Gymru gyda nhw. Yn ystod y misoedd meithion roedd Tim wedi tyfu'n llanc ifanc, lluniaidd. Roedd ganddo wallt du, gloyw a chyrliog (fel ei fam, yn ôl ei fodryb), a dau lygad glas, siarp. Trannoeth i farw Duncan Muir roedd e wedi cael ei ben blwydd yn un-ar-bymtheg oed, er nad oedd wedi dathlu'r achlysur o gwbwl chwaith. Yn wir, oni bai fod yr hen wraig wedi ei atgoffa iddo gael ei eni ar y cyntaf o Fawrth ni fuasai wedi meddwl dim am y peth.

Roedd e wedi gwneud rhai ffrindiau ymysg y sipsiwn eraill a oedd yn byw ar y comin y tu allan i'r ddinas, ond rhai garw oedden nhw, yn hoff iawn o ymladd ymysg ei gilydd. Ac er nad oedd arno ofn yr un copa ohonynt, eto i gyd, ni welai Tim unrhyw reswm dros yr holl gweryla. Nid oedd sipsiwn Sir Benfro cynddrwg o dipyn, meddyliodd. Doedd e ddim wedi sylwi chwaith fod rhai o ferched ifainc y sipsiwn yn talu tipyn o sylw iddo ef, ac yn gwenu a thaflu llygaid direidus arno pan fyddai'n eu pasio ar y comin. Roedd rhai ohonyn nhw'n ferched hardd iawn hefyd.

Ond pan fyddai Tim yn meddwl am *hardd*, fe gofiai bob amser am Mrs Ifans Dôl Nant a'i merch olau— roedd y rheini yn hardd mewn ffordd wahanol i sipsiwn. Rhai pryd tywyll oedd merched y sipsiwn â'u crwyn o liw rhisgl y pren ceirios bron yn ddieithriad.

Byddai'n cau ei lygaid weithiau ac yn gweld eto Meri Ifans â'i chroen llyfn, difrycheuyn, a'i merch, oedd yr un ffunud â hi, ond bod ei gwallt golau wedi ei blethu a gwallt ei mam wedi ei glymu'n fwlyn tynn y tu ôl i'w phen.

Lawer gwaith roedd e wedi meddwl am yr hen gaseg a'r ebol. Roedd e wedi hiraethu llawer am yr hen gaseg oherwydd roedd hi'n rhan o'i blentyndod. Doedd e erioed wedi bwriadu bod i ffwrdd oddi wrthi am gymaint o amser; ond roedd amgylchiadau wedi bod yn drech nag ef. Roedd ei hen fodryb wedi mynnu aros yn Glasgow i fod yn agos at Duncan ac roedd yntau, Tim, wedi aros gyda hi, er iddo fygwth ymadael ar ei liwt ei hun lawer gwaith.

Ond yn awr dyma'r hen wraig wedi dweud y geiriau . . . 'Fe awn ni bore fory, Tim.' Fe deimlai'n falch dros ben.

Fe groesodd y garafán y ffin i Gymru ym mhentre bach y Waun, a hynny ar y dydd Sul olaf ym mis Ebrill. Roedden nhw wedi bod yn agos i ddau fis ar y daith bell o'r Alban. Ond yn null y sipsiwn doedden nhw ddim wedi brysio. Does dim brys ar sipsiwn i gyrraedd rhyw fan neilltuol erbyn amser arbennig. Arferai'r hen Gideon Lee ddweud, 'Gadewch iddyn nhw frysio, daw'r sipsi yn ei amser ei hun.' (Gwyddai Tim mai 'pobol tai' oedden 'nhw'.)

Fore trannoeth fe ailgychwynnodd Edith Lovell a Tim siarad Cymraeg â phobol wrth fynd o gwmpas i werthu pegiau a basgedi.

Roedd y nos Lun honno yn noswyl Calan Mai ac felly'n noson bwysig gan y sipsiwn. Plethodd yr hen wraig ganghennau o ddail gwyrdd uwchben drws y garafán i groesawu'r haf. Hefyd hongianodd god fechan wrth do'r garafán. Fe geisiodd Tim gofio beth oedd yn y god honno, ond ni allai—beth bynnag doedd ganddo fawr o ddiddordeb yn y peth. Doedd e ddim yn credu—fel yr hen wraig—fod yr hen dduwiau gynt yn cael eu bodloni wrth fynd trwy'r holl rigmarôl yma ar noswyl Calan Mai.

Safai'r garafán ar gomin llydan yn ymyl tre Rhuthun, ac roedd un garafán arall yno'r noson honno hefyd. Roedd teulu o bedwar yn honno—tad a mam a mab a merch. Yn gynharach yn y prynhawn roedd yr hen Edith Muir wedi prynu iâr ganddyn nhw, ar ôl dadlau am yn agos i awr ynglŷn â'r pris. Saeson oedd y sipsiwn hyn a doedden nhw ddim yn rhai cyfeillgar iawn chwaith.

Ond roedd yr iâr yn awr yn y crochan yn berwi'n braf ac roedd arogl hyfryd iawn yn dringo i'r awyr. Llosgai'r tân o dan y crochan yn goch a gofalai Tim fod brigau sychion yn barod bob tro y byddai'n dechrau pylu.

'Pam oech chi'n prynu iâr gyda'r rheina 'te, Anti Edith?' gofynnodd Tim. 'Oes gyda chi ddigon o arian 'te?'

'A! Mae'n noswyl Calan Mai, Tim, a ninne ar ein ffordd adre i Sir Benfro. Roedd rhaid i ni ddathlu rywsut.' Ond wedi dweud hyn roedd yr hen wraig wedi mynd yn ddistaw a gallai Tim weld deigryn gloyw yn ei llygaid hen wrth olau'r tân.

'Ydy hi'n . . . y . . . ddrwg iawn ar ôl Duncan, Anti Edith?' gofynnodd Tim yn herciog.

Ysgydwodd yr hen wraig ei phen. 'Hen Sgotyn hanner call oedd e, Tim, hen feddwyn . . . rwy'n gwbod erbyn hyn na ddylwn i erioed fod wedi'i briodi fe.'

'Am 'i fod e'n feddwyn?'

'Na, na. Mae 'na ddigon o feddwon ymysg ein pobol ni, Tim . . . na nid hynny . . . ond am mai un o 'bobol tai' oedd Duncan—er iddo 'neud 'i ore i droi'n sipsi yn y blynyddoedd cynnar. Chware teg i Duncan, cofia, fe ofynnodd i fi lawer gwaith setlo i lawr gydag e . . . roedd e am gymryd tŷ mewn rhyw bentre bach ac agor busnes fel teiliwr . . . ond allwn i ddim meddwl . . . efalle pe bawn i wedi trio bryd hynny . . . y bydde pethe wedi troi mas yn wahanol . . . ond fe ges i 'ngeni mewn carafán . . . rown i'n meddwl y byddwn i'n torri 'nghalon pe bawn i'n gorfod gadael yr hen fywyd . . . dwy' i ddim mor siŵr erbyn hyn. Fe ddryses i fywyd Duncan ac fe ddrysodd e 'mywyd inne. Ddweda i ddim, cofia, na fuodd 'na gyfnode hapus—hapus iawn hefyd . . . yn enwedig pan fydde Duncan yn dod 'nôl yn sydyn â llond 'i bocedi o arian . . . rywfodd neu'i gilydd roedd e'n llwyddo i ddod o hyd i'r garafán er ein bod ni'n symud o hyd . . . ac am wythnose wedyn fe fydden ni'n hapus gyda'n gilydd . . . er y bydde fe'n feddw mawr y rhan fwyaf o'r amser . . . Unwaith fe adewes i'r garafán a mynd i fyw gydag e. Rown i wedi pallu mynd i fyw mewn tŷ . . . ond roedd e wedi gneud tent mewn cae y tu allan i bentre lle'r oedd e wedi cael gwaith teilwria dros dro. Ond fu'r fenter ddim yn

113

llwyddiant . . . roedd e'n un parod iawn i gael annwyd
٠ . . a doedd cysgu mewn tent ddim yn help o gwbwl
. . .' Llithrodd llais cwynfanllyd yr hen wraig i'r
distawrwydd. Daliai Tim i edrych ar ei hwyneb yng
ngolau'r tân. Gwelodd hi'n codi ei phen ymhen tipyn
ac yn edrych arno.

'Rwyt ti wedi bod yn dda i fi, Tim,' meddai, 'a fydda'
i ddim yn anghofio. Ar ôl 'y nydd i fe fydd y garafán a
phopeth sydd gen i yn troi i ti, cofia. Wyt ti'n falch ein
bod ni ar ein ffordd yn ôl?'

'Ydw.'

'Ie. Sir Benfro, Sir Gaerfyrddin, Sir Aberteifi—dyna'n
cylch ni ers llawer iawn o flynyddoedd bellach. Rwy'
inne'n teimlo fel tawn i'n mynd adre hefyd, Tim . . .
charwn i ddim marw lan tua Glasgow ffor'na.'

'Peidiwch chi â sôn am farw am flynydde 'to, Anti
Edith.'

Ysgydwodd yr hen wraig ei phen.

'Fe fyddi di'n mynd i'r ffarm 'na, Dôl Nant, i mofyn
yr hen gaseg a'r ebol?' gofynnodd gan newid ymadrodd
yn sydyn. Nid atebodd Tim am funud.

'Wel, fyddi di?'

'Bydda. Tybed a yw'r hen gaseg yn fyw o hyd . . .
roedd hi'n hen iawn . . .'

'Un da oedd Alff, dy dad-cu, am geffyl. Roedd gydag
e lygad i nabod cel da o bell.'

'Oedd, ac roedd ganddo fe feddwl uchel o'r hen
gaseg.'

'Wyt ti'n meddwl y bydd y bobol 'ma sy'n byw yn Nôl
Nant yn debyg o geisio dweud mai nhw sy pia'r gaseg

114

a'r ebol erbyn hyn? Cofia di, mae amser wedi mynd heibio . . .'

'Fi sy pia nhw,' meddai Tim.

'Ond rwyt ti wedi bod i ffwrdd mor hir . . . efalle 'u bod nhw wedi'u gwerthu nhw.'

'Chaen nhw ddim byd am y gaseg, roedd hi'n rhy hen . . . ond am yr ebol . . .' Gadawodd y frawddeg ar ei hanner. Yn sydyn roedd arno frys cyrraedd Sir Benfro a'r darn tir comin hwnnw yn ymyl yr afon lle'r oedd ei dad-cu wedi marw, a'r ebol wedi cael ei eni.

PENNOD XV

Fe gyrhaeddodd y Rolls Royce mawr fuarth Dôl Nant yn sydyn ac annisgwyl. Gwilym welodd y car anferth gyntaf. Am foment safodd yn nrws y tŷ yn edrych yn syn ar yr anghenfil gloyw a oedd yn awr wedi sefyll yn ei lawn urddas ar ganol y buarth. Rhedodd Gwilym i'r tŷ cyn gweld neb yn disgyn ohono.

'Nhad! Mam!' gwaeddodd yn wyllt.

'Beth sy'n bod arnat ti 'te?' gofynnodd Megan, a oedd wrthi'n rhoi'r llestri te ar y bwrdd.

'Hei, mae Rolls Royce mowr tu fas! Nhad!'

Roedd Tom Ifans yn y rŵm ffrynt yn darllen papur pan redodd Gwilym i mewn.

'Nhad! Rolls Royce!'

'Yn ble?' gofynnodd Tom Ifans, gan roi ei bapur i lawr.

'Ar ein clos ni, w! Mae e wedi stopo tu fas!'

'Y Nefoedd Fawr!' Neidiodd Tom Ifans ar ei draed. Roedd e wedi sylweddoli mewn amrantiad pwy oedd yn y Rolls a pham roedd e wedi dod i Ddôl Nant.

Rhuthrodd at waelod y grisiau gan weiddi, 'Meri! Dewch ar unwaith, mae e wedi dod!'

Roedd Meri Ifans wedi mynd i orwedd tipyn fel y byddai'n arfer gwneud ar brynhawn dydd Sul. Ond yn awr dyma hi'n codi ac yn rhedeg i lawr yn frysiog dros y grisiau.

Gwelodd ei gŵr yn mynd am ddrws y ffrynt ac aeth ar ei ôl. Pan gyrhaeddodd y ddau'r cyntedd roedd drws y Rolls Royce ar agor ac roedd *chauffeur* mewn lifrai glas a botymau euraid wedi tynnu cadair olwyn allan o gefn y car mawr. Yn awr gwelsant ef yn gosod y gadair mewn man cyfleus ac yn mynd i agor y drws ar yr ochr lle'r eisteddai dyn pitw, bach a'i wyneb wedi crebachu fel afal wedi sychu'n grimp. Gwelsant y *chauffeur* yn codi'r dyn bach yn ei freichiau ac yn ei roi'n dyner a gofalus yn y gadair olwyn. Yna dyma fe'n dechrau gwthio'r gadair olwyn o'i flaen at y tŷ. Ond erbyn hyn roedd Tom a Meri Ifans wedi cychwyn y ffordd i gwrdd â nhw.

Edrychodd y tamaid eiddil yn y gadair arnynt.

'Mr a Mrs Ifans?' gofynnodd. Roedd ei lais fel gwichian hen ddrws ar golyn rhydlyd.

'Ie, syr,' atebodd Tom Ifans. 'Ydw i'n iawn yn meddwl mai Cyrnol Phillips Bryn Brain ydych chithe?'

'Ie, ie, wrth gwrs!' Roedd y dyn bach yn ddiamynedd,

fel pe bai'n methu'n lân â deall bod eisiau gofyn y fath gwestiwn.

'Dewch i'r tŷ, syr. Croeso i chi i Ddôl Nant. Dilynwch ni,' meddai Tom Ifans, gan droi at y *chauffeur*.

Aeth yr orymdaith fechan i mewn i'r tŷ—Meri Ifans yn gyntaf yna'r gadair olwyn a'r hen ŵr bonheddig ynddi, y *chauffeur* ac yna Tom Ifans.

Arweiniodd Meri Ifans hwy i'r stafell ffrynt orau lle'r oedd Tom Ifans wedi bod yn darllen rai munudau ynghynt. Safai Gwilym a Megan yn y stafell ginio o hyd, yn methu'n lân â deall beth oedd yn digwydd na phwy oedd yr ymwelydd pwysig oedd wedi cyrraedd Dôl Nant mewn Rolls Royce yn cael ei yrru gan *chauffeur*. Roedd y ddau wedi cael cip slei ar y corrach bach yn y gadair olwyn wrth i honno basio'r drws, ac roedd yr olwg ryfedd ar y cripil wedi gwneud iddynt edrych ar ei gilydd yn syn.

Caeodd Tom Ifans ddrws y stafell ffrynt ar ei ôl, a chyn gynted ag y gwnaeth hynny, dyma'r hen ŵr bonheddig yn cyfarth arno.

'Nawr 'te, beth yw hyn ynglŷn â'r sipsi 'ma, Mr Ifans?'

'Fe gawsoch chi'n llythyr i?'

'Do! do! do! Fuaswn i ddim yma oni bai am hynny, ddyn.'

O, dyn bach pigog yw hwn, meddyliodd Tom Ifans.

'Wel, syr, garech chi i fì adrodd yr hanes o'r dechre?'

'Os gwelwch chi'n dda—os medrwch chi 'neud hynny heb wastraffu gormod o'n hamser ni i gyd.' Gwnaeth arwydd ar y *chauffeur* ac aeth hwnnw allan.

Dechreuodd Tom Ifans adrodd yr hanes am Tim Boswel o'r foment y cafwyd ef yng nghut yr hwyaid. Pan ddaeth at y fan yn yr hanes lle'r oedd Meri Ifans wedi agor yr amlen a dod o hyd i'r ddwy dystysgrif bwysig dywedodd yn siarp, 'Rwy' i am 'u gweld nhw!'

Gwnaeth Tom Ifans arwydd ar ei wraig. Ond nid oedd angen, roedd honno wedi mynd am y drws i fynd i fyny i'r llofft i'w hystafell wely hi a'i gŵr i mofyn yr amlen.

'Sut un yw—y sipsi 'ma?' gofynnodd yr hen ŵr bonheddig.

'Wel . . .'

'Ie, ie?'

'Hogyn gwallt du . . .'

'Gwallt du? Gwallt du? Ar ôl 'i fam felly . . . does dim gwallt du yn ein teulu ni.'

'A llygaid glas, glas, dipyn yn eithriadol o las, syr.'

Agorodd yr hen ŵr ei lygaid led y pen a synnodd Tom Ifans wrth weld yr un glas yn y rheini ag a welsai yn llygaid y sipsi. Wedyn mentrodd ddweud, 'Llygaid ei dad-cu, syr.'

'Ba!' meddai'r hen ŵr. Yna clywsant sŵn traed Meri Ifans yn rhuthro i lawr y grisiau. Ni ddywedodd yr un o'r ddau ddim nes oedd y drws wedi agor a Meri Ifans wedi dod i mewn â'r amlen yn ei llaw. Estynnodd yr amlen i'r hen ŵr. Ond ysgydwodd hwnnw 'i ben. 'Bob yn un, wedi eu hagor os gwelwch yn dda, madam.'

Cododd ei ddwy law a gwelodd y ddau eu bod wedi eu hanffurfio gan arthreitis.

Tynnodd Meri Ifans y ddwy dystysgrif allan o'r

amlen. Agorodd y dystysgrif priodas yn gyntaf ac aeth ymlaen at yr hen ŵr a'i dal yn agored o flaen ei lygaid. Plygodd yntau ymlaen yn ei gadair olwyn i edrych yn graff arni.

'Syr,' meddai Tom Ifans, 'oeddech chi'n gwbod?'

Disgwyliai ef a'i wraig y byddai'r hen Gyrnol yn rhoi rhyw ateb ffroenuchel i'r cwestiwn yma. Ond yn rhyfedd iawn dywedodd mewn llais mwyn,

'Fe sgrifennodd Walter, fy unig fab, lythyr i mi o Ffrainc yn dweud 'i fod e wedi priodi'r sipsi. Wrth gwrs, doeddwn i ddim yn mynd i ddioddef ffolineb o'r fath yna yn ein teulu ni, ac rown i wedi penderfynu dadwneud yr holl beth trwy orfodi Walter i gael ysgariad y'ch chi'n deall. Y pryd hynny rown i'n meddwl 'i fod e wedi gneud rhywbeth anfaddeuol . . . ond wedyn . . . fe ddaeth y llythyr o'r Swyddfa Ryfel yn dweud 'i fod e wedi'i ladd yn Ffrainc. Fe fuodd y ddynes . . . y sipsi yn galw i 'ngweld i ym Mryn Brain cyn hynny. Fe wrthodes 'i gweld hi, neu fe wrthodes ganiatâd iddi ddod i'r tŷ. Fe'i gweles hi trwy'r ffenest . . . roedd hi'n feichiog—yn disgwl plentyn . . . fe allwn i weld hynny.'

Estynnodd Meri Ifans y dystysgrif arall, sef tystysgrif geni Tim Boswel, ar agor, er mwyn i'r hen ŵr gael ei gweld. Bu'n edrych yn graff ar hon eto, fel pe bai am fanylu uwch ben pob gair. Yna cododd ei ben bach, crebachlyd,

'Ble mae e? Ble mae'r hogyn?'

Ysgydwodd Tom Ifans ei ben.

'Dyna fwy na wyddon ni, syr. Mae e wedi diflannu fel pe bai'r ddaear wedi'i lyncu fe . . . ers dwy flynedd.'

'Rwy' i am 'i weld e, y'ch chi'n deall? Fe wyddwn i fod yna bosibilrwydd fod plentyn wedi ei eni i'r sipsi . . . ond fe alle fod wedi marw ar enedigaeth neu rywbeth. A beth bynnag down i ddim am 'i arddel e na'i fam. Mae teulu Bryn Brain yn hen deulu o waed uchel, syr,' meddai gan edrych yn ffyrnig ar Tom Ifans, 'a doeddwn i ddim yn mynd i ddiodde gwaed sipsiwn yn gymysg ag e. Ond wrth fynd yn hŷn—rwy'n bedwar ugen a saith, syr—rwy' i wedi dechre cloffi rhwng dau feddwl. Fel mae pethe ar hyn o bryd fe fydd y stad a phopeth yn mynd i Rodney, mab fy chwaer, ar ôl fy nydd i. Does gen i ddim yn erbyn Rodney, mae gwaed gwŷr bonheddig yn 'i wythienne fe ar bob ochor. Ond rwy' i wedi bod yn meddwl yn ddiweddar—mae'r hogyn 'ma'n fab i Walter, etifedd Bryn Brain, mae'r tystysgrife yna'n profi hynny. A dweud y gwir, roeddwn i wedi dechre gneud ymholiade'n dawel bach cyn clywed gan y ficer am eich ymweliad chi â Bryn Brain.'

'Chi anfonodd y ditectif, syr?' gofynnodd Meri Ifans.

'Ie, ond fe fethodd y twpsyn ddarganfod dim, er i fi orfod talu'n hallt iddo!'

'Y . . . maddeuwch i fi am ofyn, syr,' meddai Tom Ifans, 'oeddech chi'n meddwl newid eich ewyllys?'

Ysgydwodd yr hen ŵr bonheddig ei ben.

'Rwy' i am 'i weld e, a siarad ag e. Hynny'n gynta. Rwy' i am weld faint o'r sipsi a faint o deulu Bryn Brain sy ynddo fe.'

'Does gen i ddim syniad sut mae dod o hyd iddo, syr,' meddai Tom Ifans, 'ond falle daw e'n ôl 'ma ryw ddiwrnod; mae yma ebol yn perthyn iddo fe. Roedd 'ma hen gaseg hefyd ond mae hi wedi marw o henaint ers blwyddyn bellach.'

'Wel,' meddai'r Cyrnol bach, 'os daw e cyn i fi gau'n llyged am y tro ola, rwy' i am i chi roi gwbod i fi os medrwch chi, ac fe ddo' i i'w weld e os bydda' i'n gallu. Os daw e'n rhy hwyr fe gaiff yr ewyllys aros fel y mae hi ac fe gaiff Rodney etifeddu Bryn Brain. Ewch, madam, os gwelwch chi'n dda, i alw ar y tipyn *chauffeur* 'na sy gen i.'

'Rhaid i chi aros i gael te gyda ni, syr,' meddai Meri Ifans.

'Te, madam?' meddai'r corrach â'i wyneb yn crebachu'n wên gam. 'Dwy' i ddim yn bwyta ond un pryd o fwyd y dydd ers blynyddoedd, ac rwy' i wedi cael hwnnw am heddi.'

Yr oedd y pedwar aelod o deulu Dôl Nant ar ben y drws yn gwylio'r Rolls Royce yn mynd yn urddasol, araf am fwlch y clos. Cyn gynted ag yr aeth o'r golwg i fyny'r lôn am y briffordd trodd Megan at ei mam a'i thad.

'Pwy oedd hwnna, Mami? Dadi, pwy oedd e?'

Edrychodd Tom a Meri Ifans ar ei gilydd a nodiodd y naill ar y llall. Yna rhoddodd Tom Ifans fraich am ysgwydd pob un o'i ddau blentyn.

'Dewch i'r tŷ,' meddai, 'mae'n stori rhy hir i'w hadrodd ar ben y drws fan yma.'

Eisteddodd y pedwar i gael eu te. 'Wel?' meddai Megan yn ddiamynedd.

'Wel,' meddai ei thad, 'roeddech chi eisie gwbod pwy oedd y gŵr bonheddig bach, rhyfedd yna yn y Rolls Royce on'd oeddech chi?'

'Oedden,' meddai Gwilym.

'Wel, hwnna oedd y Cyrnol John Phillips, plas Bryn Brain, tad-cu Tim Boswel.'

'Beth?' Yr oedd Gwilym wedi neidio ar ei draed a Megan wedi gollwng y llwy o'i llaw ar hanner troi ei the.

'O peidiwch â jocan, Dadi,' meddai Megan.

'Dyw e ddim yn jocan Megan, wir i ti,' meddai ei mam.

Yna aeth Tom Ifans ati i ddweud yr holl hanes wrth y ddau.

Wrth wrando'r stori ryfedd roedd meddyliau gwahanol yn mynd trwy bennau'r ddau. Yr oedd Gwilym yn cofio Tim y tro cyntaf y gwelodd ef—yn gorwedd yn y gwellt yng nghut yr hwyaid, yn garpiog, yn fawlyd, yn swil. Cofiai Megan amdano'n dianc i fyny'r lôn a'i hen bwlofer goch hi amdano. Cofiodd iddi weiddi ei fod wedi dwyn ei phwlofer. Cofiodd hefyd fel yr oedd wedi ei wawdio am mai sipsi ydoedd. Ond roedd gwaed hen deulu bonheddig yn ei wythiennau ef wedi'r cyfan! Lledodd gwrid yn araf dros ei hwyneb tlws.

Cyrhaeddodd Tim Boswel a'i hen fodryb yn ôl ar dir comin Rhos Goch ymhen wythnos union ar ôl gadael tre Rhuthun. Doedden nhw ddim wedi loetran ar y ffordd wedyn. Roedd Deisi'r gaseg wedi cael ei gyrru'n gyflym ar y ffyrdd gwastad ac ar y goriwaered. Dim ond unwaith roedden nhw wedi aros, sef yn nhre Dolgellau, a hithau'n ddiwrnod marchnad yno.

Bob gyda'r nos ar ôl tynnu'r garafán i mewn ar ryw gytir glas wrth ymyl y ffordd roedd Tim wedi bod yn brysur yn plethu'r gwiail ifainc i wneud basgedi. Roedd y gwiail, yr amser hwnnw o'r flwyddyn, yn tyfu wrth y miloedd ar lannau nentydd bach y wlad, ac roedd ganddo stôr dda ohonynt wedi eu clymu yng nghefn y garafán. Roedd yr hen wraig yn fedrus iawn wrth y gwaith hefyd, er bod y crydcymalau yn bur ddrwg yn ei bysedd.

Erbyn cyrraedd Dolgellau roedd ganddynt ryw ddwsin o fasgedi gwyn, glân i'w gwerthu, a phan welsant y dorf a oedd wedi dod ynghyd i'r farchnad yno, penderfynasant aros i geisio cael gwared ohonyn nhw trwy eu gwerthu i'r gwragedd a'r merched ffermydd a oedd wedi dod i'r dre y diwrnod hwnnw i werthu eu nwyddau eu hunain—pethau fel wyau, menyn a chaws.

A dyna sut y gwelodd Tim y ferlen winau.

Roedd hi'n sefyll yn llonydd wrth dalcen un o dafarnau'r dre ac ebol cryf tua thri neu bedwar mis oed yn ei hymyl. Safodd Tim yn stond i edrych arni. Doedd hi ddim yn greadur glân a phrydferth iawn oherwydd doedd hi ddim wedi ei thrwsio. Roedd ei chot yn arw a'i mwng yn ddryswch, ac nid edrychai'r ebol fawr iawn gwell. Ond roedd Tim wedi ei ddysgu gan ei dad-cu i nabod ceffyl da ac fe wyddai fod y ferlen yn un werthfawr er gwaetha'i chyflwr ar y pryd—a'r got arw a'r llaid ar ei choesau. Roedd yr ebol hefyd wrth ei fodd.

Edrychodd o'i gwmpas. Pwy oedd y perchennog tybed? Daeth dyn tew allan o'r dafarn.

'Esgusodwch fi,' meddai Tim, 'wyddoch chi pwy yw perchen y ferlen a'r ebol?'

'Fi,' meddai'r dyn. Roedd ei wyneb yn goch ac roedd hi'n amlwg ei fod wedi yfed glasied bach yn ormod. 'Pam, oes awydd arnat ti 'i phrynu hi?'

Ysgydwodd Tim ei ben. Sawl gwaith roedd e wedi clywed sipsiwn yn prynu ac yn gwerthu ceffylau? Cofiai am eu cyfrwystra, eu celwyddau mawr a'r taeru, y troi i ffwrdd fel pe baent wedi gorffen bargeinio, yna'r troi'n ôl sydyn, ac yn y diwedd y taro llaw ar law a'r fargen wedi ei selio.

'Beth sy'n bod arni?' meddai'r perchen yn gwerylgar. 'Beth sy'n bod ar bob un yn y farchnad 'ma heddi? Mae hyd yn oed sipsiwn yn codi'u trwyne ar fargen!'

Erbyn hyn roedd yr hen Edith wedi dod a sefyll yn ymyl Tim.

'Wyt ti'n ffansïo'r ferlen a'r ebol?' gofynnodd yng nghlust y llanc. Winciodd Tim arni.

'Faint wyt ti'n 'i ofyn?' gofynnodd Tim. Roedd ei feddwl chwim wedi deall fod y ferlen yn aros heb ei gwerthu er iddi fod yn y farchnad er y bore. Deallai hefyd fod y ffermwr yn awyddus iawn i werthu. Gwyddai fod y cyfan hyn yn mynd i fod o fantais iddo ef. Fe deimlai dipyn yn gynhyrfus. Er pan oedd yn blentyn bach roedd e wedi breuddwydio am y dydd pan fyddai ef yn ddigon hen i fargeinio fel yr arferai ei dad-cu ei wneud, a Sol Burton a'r lleill. Prynu ceffylau'n rhad a'u gwerthu am bris llawer uwch—dyna ffordd dda i sipsi wneud bywoliaeth. Cael y gorau ar ffermwyr a phobl tai wrth fargeinio—roedd hynny'n werth chweil!

'Pum-punt-ar-hugain am y ddau,' meddai'r ffermwr, 'gan 'i bod hi'n mynd yn hwyr yn y dydd a'r farchnad yn ddrwg heddi . . .'

Chwarddodd Tim yn uchel. 'Pum-punt-ar-hugen am ferlen ac ebol! Rwy' i newydd ddod o Loeger, ac rwy'n meddwl yr a' i'n ôl 'na cynted ag y galla' i os ydy merlod yn costio cymynt â hynny yng Nghymru 'ma. Na, na; rwy' i ar y ffordd lawr i Sir Benfro—maen nhw dipyn yn rhatach lawr ffor'na.'

Gwrandawai'r hen wraig yn astud ar y siarad. Roedd y crwt yn ben bargeiniwr, meddyliodd. Ond gwyddai mai dim ond dechrau oedd y bargeinio.

'Ba! Rwy'n nabod dy siort di,' meddai'r ffermwr. 'Ry'ch chi'n prynu rhyw hen grocs am y peth nesa i ddim a'u gwerthu nhw wedyn i ddynion twp fel ceffyle sownd . . . dy'ch chi byth yn fodlon talu pris teilwng am geffyl da.'

'Ceffyl!' meddai Tim yn wawdlyd. 'Ond merlen yw hon, ddyn! Fe rodda' i ddeuddeg punt i chi amdani hi a'r ebol—i fynd â nhw oddi ar eich dwylo chi.'

Tro'r ffermwr oedd hi i chwerthin yn awr. Erbyn hyn hefyd roedd twr o bobl wedi ymgasglu i wrando'r hocan. Trodd y ffermwr at y dorf. 'Y'ch chi'n gweld,' meddai, 'dyna sy'n dod o geisio taro bargen â sipsiwn; dyw'r pres—dyw'r arian ddim gyda nhw i dalu pris teg am ddim byd. Gwranda, sipsi,' meddai gan droi'n ôl at Tim, 'dangos di ugen sofren i fi yn dy law ac fe'u cei di nhw. Nawr 'te, gad i ni weld lliw dy arian di, 'machgen i.'

Ysgydwodd Tim ei ben. Doedd ganddo ddim ugain sofren yn y byd, ond yr oedd ganddo bymtheg—wedi eu casglu at ei gilydd trwy weithio'n galed a byw'n ddarbodus yn y garafán gyda'i fodryb.

'Dwy'n synnu dim eich bod chi wedi methu gwerthu 'ma heddi, syr. Mae ffermwyr, a phawb o gwmpas y lle 'ma'n gwybod gwerth creaduried fel hyn. Fachgen, fe ellwch brynu ceffyl hela deunaw llaw yn Lloeger am y pris 'na. Ond gan fod arna' i eisie merlen fel mae'n digwydd ar hyn o bryd . . . fe rodda' i un cynnig arall i chi . . .'

'Tim, na!' meddai'r hen Edith, fel pe bai mewn poen. Ond aeth Tim yn ei flaen heb gymryd sylw ohoni.

'Mae gen i bymtheg sofren felen . . .'

'O na, Tim, paid wir!' meddai'r hen wraig, gan gydio yn ei fraich a cheisio'i dynnu gyda hi. 'Maddeuwch iddo, syr, crwt ifanc yw e, a thipyn bach yn wyllt. Peidiwch â chymryd sylw o'i gynnig e. Tynn y cynnig 'na'n ôl ar unwaith, Tim, os gweli di'n dda, rwyt ti'n gwbod yn iawn nad yw'r ddau 'ma ddim gwerth pymtheg punt, gofyn i'r bobol 'ma fan hyn.'

126

Fe deimlai Tim fel gwenu, oherwydd gwyddai nad oedd hyn yn ddim ond rhagor o driciau bargeinio, ac roedd e wedi eu clywed lawer gwaith o'r blaen.

'O, wel, falle 'mod i wedi cynnig gormod,' meddai, gan adael i'r hen wraig ei arwain ymaith gerfydd ei fraich. Agorodd y dorf i wneud lle iddynt. Roedd y garafán yn sefyll yn ymyl a'r gaseg yn llonydd yn y siafft. Ond cyn i'r ddau ddringo i fyny i'r garafán clywsant waedd y tu ôl iddynt. Roedd y ffermwr—perchen y ferlen a'r ebol—yn dod ar eu hôl. Gwasgodd yr hen Edith fraich Tim.

'Hei, sipsi!' gwaeddodd y ffermwr. Trodd Tim â'i law ar ffrwyn y gaseg. Daeth y ffermwr hyd atynt.

'Hei, os wyt ti o ddifri, ac os yw'r cynnig yn dal, a'r pymtheg punt yn barod . . . ti pia nhw.'

Edrychodd Tim ar ei fodryb, ac yna'n ôl ar y ffermwr, fel pe bai'n petruso'n arw iawn. Edrychai fel pe bai'n edifar ganddo iddo gynnig swm mor fawr.

'A, wel,' meddai, 'cynnig yw cynnig,' ac estynnodd ei law i'r ffermwr. Trawodd hwnnw hi â'i law agored ei hunan. Wedyn aeth y ffermwr i mofyn y ferlen a'r ebol ac aeth Tim i berfeddion y garafán i mofyn yr arian i dalu amdanynt. Teimlai'n hapus dros ben ei fod wedi taro ei fargen fawr gyntaf. Y peth nesaf oedd cael elw da allan o'r fargen. Roedd ei reddf i adnabod anifail da (a ddysgodd gan ei dad-cu yn bennaf), yn dweud wrtho fod y ferlen a'r ebol yn werth o leiaf bum-punt-ar-hugain, sef y pris roedd y ffermwr wedi ei ofyn y tro cyntaf. Ac os oedd ei reddf yn iawn fe allai e werthu'r ddau am y pris hwnnw—a gwneud deg punt o elw.

Dyna'r ffordd i sipsi fyw, meddyliodd, nid wrth werthu basgedi gwiail a phegs dillad a rhyw fân bethau felly— gwaith i'r merched oedd hwnnw. A phan fyddai ef wedi priodi, fe gâi ei wraig fynd o gwmpas i werthu'r pethau hyn, tra byddai yntau yn gwneud arian da wrth brynu a gwerthu ceffylau.

Dyna'r meddyliau oedd yn mynd trwy ben Tim Boswel y prynhawn hwnnw wrth ddringo i ben y Pas o dre Dolgellau. Er nad oedd ond un-ar-bymtheg oed, roedd e eisoes wedi tyfu'n ddyn.

Fe gafodd y sipsiwn ar Gomin Rhos Goch gryn syndod i weld carafán yr hen Edith yn glanio yn eu mysg. Roedd hi wedi bod i ffwrdd oddi wrth ei phobol mor hir. Prin fod neb yn adnabod y llanc ifanc oedd gyda hi, nes iddi egluro pwy ydoedd.

Tynnodd Tim y gaseg yn rhydd a gadael iddi bori'r borfa ifanc oedd yn glasu'r comin yr amser hwnnw o'r flwyddyn. Yna aeth i chwilio am goed sych i wneud tân.

Yr oedd hi'n noson hyfryd o Fai a'r adar yn canu. Dringai mwg tanau'r sipsiwn yn syth i'r awyr a chwar- aeai'r plant bach o gwmpas y carafanau gan weiddi a chwerthin yn llawen, ddiofal. Roedd ceffylau o bob math yn cropian y borfa yma a thraw, rhai wedi eu clymu ac eraill yn rhydd i grwydro ble mynnent.

Taflodd Tim lygad ar y ferlen winau a'i hebol, oedd hefyd yn pori 'i chalon hi. Erbyn hyn roedd e wedi datrys y mwng dryslyd ac wedi sgrafellu a brwsio cot y gaseg fach, ac roedd hi'n syn faint o wahaniaeth roedd hynny wedi'i wneud. Edrychai arni yn awr gyda balchder

128

mawr iawn. Gwyddai ei fod wedi cael bargen yn Nolgellau. Fe wyddai erbyn hyn ei bod hi, nid yn unig yn greadur hardd, ond yn ufudd ac yn addfwyn ei thymer hefyd.

Bu raid iddo grwydro'n go bell oddi wrth y comin cyn cael digon o goed i wneud tân. Roedd llawer o sipsiwn yn aros ar Gomin Rhos Goch, a phob un o'r rheini'n chwilio o gwmpas am goed i wneud tân i'w cadw'n gynnes ac i goginio eu bwyd. Doedd dim syndod felly i Tim orfod mynd yn go bell cyn cael yr hyn a geisiai.

Dringodd i ben bryn bach uwchben y comin. Roedd yr haul yn machlud yn goch yn y gorllewin; ond nid ar brydferthwch y machlud yr oedd llygaid Tim. Gwyliai ef y carafanau ar y comin dano, a'r tanau a'r mwg, gwisgoedd lliwgar y merched yn cerdded o gwmpas, y ceffylau a'r cŵn; a theimlodd ryw hapusrwydd mawr— nas teimlodd er pan fu farw ei dad-cu ar y noson stormus honno, ar gomin arall, heb fod ymhell iawn o'r fan lle safai yn awr. Yna, â'i fwndel coed sychion o dan ei fraich, cychwynnodd ei ffordd yn ôl.

Y noson honno fe ddaeth y sipsiwn eraill i gyd ynghyd wrth garafán yr hen Edith Muir. Eisteddent yn rhes o gylch y tân yr oedd Tim wedi ei gynnau ar y glaswellt, ac yn awr, a'r nos wedi dod, taflai'r fflamau eu golau rhuddgoch dros wynebau'r hen sipsiwn, a oedd wedi hawlio'r lle nesaf at y tân. Mygai'r pibellau clai yng nghegau'r dynion a'r gwragedd.

Roedden nhw i gyd wedi dod at garafán Edith Muir y noson honno am ei bod hi wedi bod i ffwrdd oddi

wrth ei phobol mor hir ac am ei bod wedi colli ei gŵr.
. Roedd gan yr hen Edith lawer i'w ddweud wrth y lleill am yr Alban ac am yr hyn a oedd wedi digwydd iddi hi a Tim ar eu teithiau pell. Roedd Tim wedi sylwi bod yr hen wraig yn llawer hapusach ar ôl claddu Duncan, a methai'n lân â dyfalu sut y gallai hynny fod. Ond doedd dim dadl o gwbwl nad oedd yr hen Edith yn llawer iawn mwy llawen a chellweirus y noson honno nag y bu erioed yn ystod bywyd ei gŵr. Ac eto roedd hi wedi ei ddilyn a'i groesawu'n ôl i'r garafán gynifer o weithiau; ac roedd hi wedi treulio bron ddwy flynedd yn yr Alban er mwyn cael bod yn agos at y dyn a oedd yn gwneud ei orau i gilio oddi wrthi—a hynny er bod ei chalon yng Nghymru gyda'i phobl ei hun. Rhai od oedd menywod, meddyliodd Tim.

Roedd pump o ferched ifainc tua'r un oed â Tim o gwmpas y tân, yn gwrando ar y sipsiwn hŷn yn adrodd eu storïau ac yn dadlau. Roedd Meg a Ruth Burton yno, efeilliaid ac wyresau'r hen Sol Burton ofnadwy hwnnw gynt. Ond doedd dim yn ofnadwy ynghylch y rhain. Roedden nhw wedi tyfu'n ddwy eneth hardd iawn ac mor debyg i'w gilydd â dwy ffeuen. Sylwodd Tim fod y ddwy yn taflu llygaid duon, direidus arno ef pan dybient nad oedd neb yn gweld. Wedyn roedd Cathrin Lee a Sandra, dwy chwaer, a oedd wedi eistedd bron yn ei ymyl ar y borfa. Ond yr oedd Cathrin Lee yn ugain oed ac wedi dyweddïo â rhywun—neu felly y deallai Tim oddi wrth y siarad oedd yn mynd ymlaen.

Ac roedd yno un eneth arall na wyddai Tim mo'i

henw na dim o'i hanes. Pwy a allai hi fod? Doedd e erioed wedi'i gweld hi o'r blaen.

'Wel, Tim,' meddai'r hen Seci Wood (talfyriad o Eseciel oedd Seci), 'hidiwn i ddim llawer rhoi cynnig i ti am y gaseg a'r ebol bach 'na sy gyda ti.'

Roedd yr hen ŵr wedi sylwi ar ragoriaethau'r ferlen a'i hebol! Teimlodd Tim yn falch.

'Faint fyddet ti'n debyg o ofyn amdanyn nhw, fachgen?' gofynnodd yr hen ŵr wedyn.

'A! Dwy' i ddim am werthu,' meddai Tim, 'rwy' i am 'u dangos nhw yn Ffair Crymych dydd Llun nesa. Os ca' i ddeg-punt-ar-hugen fanny, wel, falle cân nhw fynd.'

'Does bosib y cei di bris fel'na am ferlen, Tim, yn Ffair Crymych nac mewn un ffair arall. Wyddoch chi, bobol, rown i lawr ochr Milffwrt fanna'r wythnos ddiwetha ac fe gwrddes â gŵr bonheddig mewn motor car mowr. Roedd crwt a chroten fach gydag e ac fe fu raid i'r car stopo gan fod dim digon o le iddo fe a'r garafán basio'i gily'. Roedd y crwt a'r groten fach eisie aros i weld y tri cheffyl 'na s'gen i. Ac fe ofynnodd y gŵr bonheddig a own i'n gwbod am ferlen fach . . . roedd e'n fodlon talu arian da am un fach, dawel . . . fe ddwedodd e rhodde fe bymtheg punt tai e'n ca'l un wrth 'i fodd . . . Fe addewes i alw wedyn gydag e pe bawn i'n dod o hyd i rywbeth. Jawch i, Tim, fe rown i beder-punt-ar-ddeg i ti am y gaseg fach . . . fe fydd yn deg i fi ga'l punt o broffid am fynd â hi lawr i Milffwrt.'

'Fe fydd rhaid i'r ebol fynd gyda hi pan fydd hi'n mynd,' meddai Tim, 'a falle yr a' i lawr i gyfeiriad

Milffwrt ffor'na'n hunan . . .' a dechreuodd chwerthin.

'Fe rodda' i ddeunaw punt i ti am y gaseg a'r ebol, ac rwy'n cynnig cymaint â hynna am 'mod i'n hen ffrindie â dy dad-cu . . .'

Tair punt o elw. Teimlai Tim yn llawen iawn. Roedd e wedi cael cynnig tair punt yn uwch na'r hyn roedd e wedi'i dalu yn Nolgellau! Tair punt o broffid ar un ddêl! Byddai'r hen Alff Boswel yn falch o'i ŵyr pe gwyddai. Yr oedd hi'n demtasiwn fawr i dderbyn cynnig yr hen Seci Wood, roedd deryn mewn llaw'n well na dau mewn llwyn—ac eto, roedd e wedi gosod ei feddwl ar fwy na thair punt o elw—roedd e am ddeg o leia.

'Fe gân nhw gymryd 'u siawns yn y ffair,' meddai.

Yna sylwodd fod llygaid yr eneth ddieithr ar ei wyneb. Yng ngolau'r tân meddyliodd fod hanner gwên fach yn chwarae o gwmpas ei gwefusau. Teimlodd ei galon yn curo'n gyflymach. Pwy oedd hi, a pham roedd hi'n cael effaith felly arno? Gwelodd hi'n taflu ei phen yn ôl i gael gwared o'r gwallt hir, tywyll a oedd yn hongian dros ei hwyneb tlws. Penderfynodd ofyn i'w fodryb, y cyfle cynta a gâi, pwy oedd hi.

Fe fu'r sipsiwn ar eu traed yn hwyr y noson honno, nes bod y tân wedi llosgi'n lludw a'r coed a gasglodd Tim wedi darfod. A llawer o hanesion difyr a adroddwyd yng ngwres y fflamau cyn noswylio o'r diwedd, a llawer o sôn am geffylau, ffeiriau a bargeinio a glywodd Tim Boswel ar ei noson gyntaf ar ôl dychwelyd at ei bobl ei hun, ar Gomin Rhos Goch.

Gwerthodd Tim Boswel y ferlen a'i hebol yn Ffair Crymych am bedair-punt-ar-hugain a phymtheg swllt i ffermwr o ardal Aberteifi—wedi hir hocan a thaeru a bargeinio. Roedd y ffermwr wedi *mynnu* cael pum swllt 'o lwc' yn ôl o'r pum-punt-ar-hugain roedd Tim yn *mynnu* eu cael am y ddau. Ond roedd y sipsi'n ddigon bodlon ar y ddêl serch hynny.

Yn y ffair y prynhawn hwnnw fe brynodd Tim rywbeth y bu'n meddwl ei brynu ers mwy na blwyddyn —sef milgi. Nid oedd yn filgi o waed pur chwaith oherwydd roedd blewyn garw ar ei gorff main, ac fel y gŵyr pawb, croen llyfn sydd gan filgwn o frid pur. Ond edrychai'n gi deallus a chredai Tim y gallai ei dreinio i fod yn gi da at y gwaith oedd ganddo ef mewn golwg, sef dal cwningod ac ysgyfarnogod ar y slei ar dir pobl eraill. Un llwyd oedd y ci a cherddai o gwmpas a golwg 'wedi difaru dod i'r byd' arno. Ond roedd hynny wedyn yn nodweddiadol o'r brid yma.

Fe gostiodd y ci bymtheg swllt iddo, ac yn awr fe gerddai o gwmpas y ffair a'r anifail ar linyn ganddo. Edrychai'n sipsi bob modfedd ohono, â'r milgi wrth ei sodlau a'r mwffler lliwgar am ei wddf a'r trowsus tynn am ei goesau.

Ond nid pymtheg swllt oedd y cyfan a wariodd Tim Boswel yn Ffair Crymych. Yr oedd yr hen Edith wedi bod yn sôn yn ddiweddar fod angen 'troli' arni i fynd o gwmpas y tai i werthu ac i fegian ac i ddweud ffortiwn, gan ei bod wedi mynd yn rhy hen ac anystwyth

gan y riwmatig i gerdded ymhell mwyach. 'Troli' oedd
enw'r sipsiwn ar fath o gart ysgafn, fflat a ddefnyddient
i gludo pethau fel pegiau, basgedi, haearn sgrap a
nwyddau o bob math. Tua chanol y prynhawn, wedi
cerdded o gwmpas i edrych ar bopeth yn y ffair, fe
welodd Tim yr union beth oedd ei eisiau ar ei fodryb,
sef 'troli' fechan, dwt â dwy olwyn ysgafn, yn cael ei
thynnu gan ferlyn mynydd, blewog. Wedi holi cafodd
mai un o sipsiwn Sir Gaerfyrddin, Paddy Smith, oedd
perchen y droli a'r merlyn. Yr oedd gan Paddy droli
arall yn y ffair, un fwy o faint. Yn honno roedd ei wraig
a'i blant lluosog wedi dod i'r ffair y diwrnod hwnnw.
Yn ffodus i Tim Boswel roedd ar Paddy angen mawr
am dipyn o arian sychion yn ei law, gan fod ei deulu
mor niferus, ac wedi awr gyfan o ddadlau, fe gafodd y
droli a'r merlyn blewog am ddeuddeg punt.

Yr oedd hi'n hwyr y prynhawn erbyn hyn, ac aeth
Tim—a'r milgi llwyd gydag ef—am dro o gwmpas
stondinau'r ffair. Roedd y goleuadau ynghyn o gwmpas
y ceffylau bach a'r stondinau saethu'n barod er nad
oedd hi ond wedi dechrau nosi, ac roedd sŵn y miwsig
yn fyddarol.

Ac yna fe'i gwelodd hi!

Roedd e newydd fod yn trio'i law ar y stondin saethu,
ac wedi troi i symud ymlaen at stondin arall pan fu
bron â tharo yn ei herbyn: MEGAN DÔL NANT!

Adnabu'r ddau ei gilydd ar unwaith, er bod y ddau
wedi newid llawer er pan welsant ei gilydd o'r blaen.

Daliodd Tim ei anadl wrth edrych arni. Roedd ganddi
ryw fath o het neu fonet o ddefnydd ysgafn, fel gwawn

134

a welsai ar y comin ar ambell fore yn yr hydre. Ac o dan yr het yr wyneb delicet, prydferth a'r gwallt golau'n ymwthio allan yn bryfoclyd. Ffrog wen, lân a rhimyn tenau o goch am y godre ac am y goler a'r wasg.

Edrychodd hithau'n hir ar y llanc o'i blaen. Synnodd fel roedd e wedi tyfu. Edrychai mor gryf ac mor henaidd rywsut.

A'i lygaid, meddyliodd. Oedden nhw'n arfer bod mor eithriadol o las?

'Hylô,' meddai Tim. Erbyn hyn roedd e wedi sylwi fod dwy ferch ifanc arall gyda Megan. Roedd y rheini wedi symud ymlaen gam neu ddau ac yn awr edrychent yn ôl yn syn ar eu ffrind, a oedd wedi aros i siarad ag un o'r sipsiwn!

'Ble y'ch chi wedi bod?' gofynnodd Megan.

'Mae'n stori hir . . . rwy' i wedi bod i ffwrdd . . .'

'Pam ddaethoch chi'n ôl?'

Cododd Tim ei aeliau. 'Wel, down i ddim wedi meddwl aros i ffwrdd am byth. Y . . . gaseg . . . a'r ebol? Ydyn nhw'n iawn?'

'Mae'r gaseg wedi marw . . .'

'O?' Roedd llais y sipsi'n llawn siom.

'Llynedd—blwyddyn i nawr. Fe orweddodd lawr yn y cae a marw.'

'O!'

Bu distawrwydd rhyngddynt am foment.

'A'r ebol?' gofynnodd Tim.

'Mae e'n iawn . . . mae e'n geffyl nawr, nid ebol.'

'Mi fydda' i'n dod i'w mofyn e.'

'Pryd?' Sylwodd ar yr olwg ofidus ar wyneb hardd Megan.

'Fory, mwy na thebyg.' Dechreuodd Megan wrido. Roedd e'n swnio mor ddifater, mor awdurdodol. Ar ôl dwy flynedd roedd e'n golygu dod a mynd â'r ebol gydag e! Edrychodd yn ddig arno â'i llygaid yn fflachio. Am y tro cyntaf gwelodd y milgi yn ei ymyl. I Megan roedd rhywbeth yn wrthun ynghylch y creadur garw â'i gynffon rhwng ei goesau. Yna edrychodd ar y trywsus tynn am goesau Tim ac ar y mwffler am ei wddf. Sipsi oedd hwn, meddyliodd. Fyddai hen ŵr bonheddig Bryn Brain byth yn arddel hwn.

Gwelodd ei dwy ffrind yn gwenu braidd yn wawdlyd arni, a gwridodd yn waeth. Byddai rhaid iddi fynd â'i adael ar unwaith. Ond tybed na allai hi ei rwystro rhag dod i Ddôl Nant i mofyn Fflach?

'Mae 'na bobol wedi bod yn edrych amdanoch chi,' meddai.

'Y polîs, iefe?'

'Ie, fe fuodd ditectif unwaith . . .'

'Beth oedd e eisie?'

'Eisie dod o hyd i chi.'

'Ba!' meddai Tim, 'dwy' i ddim wedi 'neud dim un drwg. Fe fues i'n ddigon dwl i redeg bant o'r bla'n . . . ond crwt bach own i p'rynny. O ie, mae gyda fi rywbeth sy'n perthyn i chi hefyd.'

'Beth yw e?'

'Fe gewch chi weld fory . . . fe ddo' i ag e. Ydy'ch tad a'ch mam a'ch brawd yn iawn?'

'Ydyn.' Gwyddai Megan y dylai ddweud wrtho am yr

hen ŵr bonheddig yn y Rolls mawr oedd wedi bod yn holi yn ei gylch, ond ni wnaeth.

'Mae 'na waled hefyd,' meddai Tim. 'Dwedwch wrth eich tad a'ch mam y bydda' i'n galw am honno . . .'

Roedd dau sipsi ifanc a oedd wedi cael glasied neu ddau'n ormod wedi dod heibio ac wedi aros ar ôl nabod Tim a gweld y ferch hardd oedd yn siarad ag e.

'Dere â hi'n ôl i'r comin, heno, Tim!' gwaeddodd un ohonynt.

'Ie, a'r ddwy arall 'na hefyd, mwsh*!' meddai'r llall. Roedd wyneb Megan wedi fflamio wedyn a hyd yn oed Tim wedi gwrido ychydig dan liw'r haul a'r gwynt ar ei wyneb. Rhuthrodd Megan oddi wrtho ac at ei dwy ffrind, a chwarddodd y ddau sipsi meddw'n uchel.

Yna roedd y tair geneth wedi diflannu yng nghanol y dorf o gwmpas y stondinau.

Trannoeth i Ffair Crymych cododd Tim Boswel yn fore ac aeth i lawr i'r nant i ymolchi ac i mofyn dŵr i wneud te. Gorweddai'r gwlith ar y borfa fer ac roedd distawrwydd y bore bach o gwmpas y lle i gyd.

Gosododd yr hen fwced tolciog oedd ganddo i ddal dŵr i lawr ar y geulan ac aeth ar ei benliniau a chodi llond ei ddwylo sawl gwaith o ddŵr oer dros ei wyneb. Nid oedd ganddo sebon na thywel. Sychodd ei wyneb â'i fwffler coch a gwyn. Pan oedd ar fin rhoi'r bwced yn y dŵr i'w lenwi, gwelodd ferch ifanc yn dod tuag ato â stên yn ei llaw.

*Enw'r sipsiwn ar ei gilydd.

137

Gwyddai mai dyma'r ferch ddieithr a welsai'r tro cyntaf wrth y tân y noson y cyrhaeddodd ef a'i hen fodryb yn ôl o Glasgow. Erbyn hyn fe wyddai Tim ychydig mwy amdani. Ei henw oedd Eldora Wood, merch i frawd Seci Wood, a oedd wedi priodi â Gwyddeles. Ymhen rhai blynyddoedd roedd tad yr eneth wedi marw ac roedd y Wyddeles wedi rhedeg bant gyda rhyw Sais a gadael ei merch fach, a oedd bryd hynny tua deg oed, ar y comin heb neb i ofalu amdani. Yna roedd Seci a'i wraig wedi cymryd gofal ohoni a'i magu fel merch iddyn nhw'u hunain.

Gwyliodd Tim hi'n dod tuag ato. Roedd hi newydd gribo'i gwallt du, gloyw, a cherddai'n droednoeth trwy'r gwlith.

'Bore da, Eldora,' meddai Tim. 'Wedi codi'n fore heddi.'

'A tithe, Tim Boswel,' atebodd yr eneth, 'be sy'n bod? Wedi gwlychu'r gwely?'

Gwenodd Tim. Roedd hi'n hen arferiad gan y sipsiwn, os byddai rhywun wedi codi'n fore iawn (rhywbeth go anarferol yn eu hanes hwy), i ofyn iddo a oedd wedi gwlychu'r gwely.

'Na,' meddai Tim, 'fe fyddwn ni'n symud ymla'n bore 'ma.'

'O?' A oedd tinc bach siomedig yn y llais? Ni allai Tim fod yn siŵr.

'Dwy' i ddim yn credu mewn aros yn unman yn rhy hir,' meddai. 'Peth arall, mae gen i dipyn o fusnes i'w setlo.'

Plygodd y ferch ifanc dros geulan y nant fach i godi

138

dŵr, ond cyn iddi wneud tynnodd Tim y stên o'i llaw a phenliniodd ar y borfa a chodi'r dŵr yn ei lle.

'Diolch, Tim,' meddai, gan wenu'n feddal arno. Wrth roi dolen y stên yn ei llaw cyffyrddodd eu dwylo â'i gilydd ac am foment hir edrychodd y naill i fyw llygaid y llall. Yna roedd yr eneth wedi troi ymaith a chychwyn yn ôl dros y comin tuag at y carafanau. Gwyliodd Tim hi'n mynd yn osgeiddig rhwng y twmpathau eithin.

Unwaith eto roedd hi wedi gwneud i'w galon guro'n gyflymach. Ysgydwodd ei ben ac aeth i fyny'r llwybr ar ei hôl â'i fwced llawn yn ei law.

Roedd hi wedi cyrraedd hyd at garafán Seci Wood erbyn hynny. Yna gwelodd Tim hi'n troi, â'i throed ar step y garafán, ac yn codi ei llaw arno.

Gwelodd hi wedyn cyn cychwyn allan ar ei daith. Pan oedd y garafán yn mynd am y ffordd fawr roedd hi'n sefyll o'i flaen yn sydyn ar borfa'r comin.

'Mae Seci'n dweud y bydd e lan tua Sir Aberteifi'r haf 'ma—tua Aberystwyth ffor'na. Mae e'n dweud fod llawer o arian i'w cael ffor'na—oddi wrth ymwelwyr . . . fyddi di'n debyg o fynd lan ffor'na?'

Ni stopiodd Tim y garafán. Eisteddai ar y siafft â'r awenau yn un llaw a'i chwip yn y llall. Ond wrth fynd heibio i'r eneth fe ddywedodd gan wenu i lawr arni,

'Mae'n bosib, ydy, mae'n ddigon posib nawr. Iyp, Deisi, Iyp!'

Roedd hi'n ddau o'r gloch y prynhawn pan dynnodd Tim y garafán i mewn i'r cilcyn bach o ddaear ar ymyl yr afon lle'r oedd ei dad-cu, yr hen Alff Boswel, wedi marw, a lle'r oedd y gaseg, yr un noson ofnadwy, wedi bwrw ebol newydd.

Nid oedd yr un garafán sipsiwn arall ar y comin bach y prynhawn hwnnw ac am unwaith fe deimlai Tim yn falch o hynny.

Wrth dynnu'r gaseg yn rhydd o'r garafán a'i gollwng i bori, llifai'r atgofion yn ôl. Cofiodd fel yr oedd e wedi ceisio deffro'r hen ŵr a oedd yn gorwedd mor llonydd o dan y flanced garpiog, a chofiodd yn fyw iawn yr olwg ar ei wyneb hen pan edrychodd arno o'r diwedd. Cofiodd am y tân mawr a losgodd y garafán a chorff yr hen ŵr. Erbyn hyn roedd e'n ddigon hen i wybod na allai'r corff fod wedi llosgi'n llwyr. Rhaid bod yr esgyrn ar ôl. Beth oedd wedi digwydd i'r rheini, tybed? A oedd y polîs yn debyg o fod ar ei ôl o hyd? Yna neidiodd ei feddwl yn ôl at ferch hardd Dôl Nant a welsai yn y ffair.

Ar ôl tynnu'r gaseg yn rhydd aeth y tu ôl i'r garafán i dynnu'r merlyn bach, blewog, a oedd yn tynnu'r droli, yn rhydd hefyd. Cyn bo hir roedd hwnnw'n pori yn ymyl y gaseg. Edrychodd ar y milgi llwyd a oedd wedi ei glymu o dan y garafán. Na, fe gâi ef fod man lle'r oedd, meddyliodd. Pe bai'n cael mynd yn rhydd efallai mai yn Sir Gaerfyrddin y byddai'n stopio!

Wedyn aeth ati i chwilio am goed sychion i gychwyn tân arall.

Meri Ifans a welodd y droli fach yn dod i lawr y lôn am y tŷ. Roedd hi'n glanhau'r llofft pan glywodd sŵn olwynion a charnau ceffyl. Aeth i'r ffenest agored a gweld golygfa go ryfedd. Ar ben blaen y droli, â'i goesau'n hongian tua'r llawr, roedd sipsi ifanc a'i wyneb yn frown a mwffler lliwgar am ei wddf. Ac yn eistedd ar ganol y droli, fe iâr yn gori, roedd hen wraig yn ei du i gyd. Ar ei phen yr oedd anferth o het fawr, ddu, a edrychai fel pe bai'n perthyn i oes y Frenhines Fictoria.

Sipsiwn!

Gwelodd Mrs Ifans ei gŵr a Gwilym yn dod allan o'r beudy. Roeddent hwythau wedi clywed sŵn y cart a'r ceffyl.

Stopiodd y droli fach ar ganol y buarth a neidiodd y sipsi'n ysgafn i'r llawr.

'Tim!' gwaeddodd Gwilym. 'Tim yw e!'

Tim! Doedd bosib, meddai Mrs. Ifans wrthi'i hun, mai Tim oedd hwn, er bod Megan wedi dweud ar ôl dychwelyd o'r ffair, ei fod e'n dod. Ond roedd e wedi tyfu cymaint!

Rhuthrodd i lawr y grisiau i'r llawr.

'Be sy, Mam?' gofynnodd Megan, a oedd yn dod allan o'r gegin ar y pryd.

'Tim! Mae Tim Boswel wedi dod.'

Pan gyrhaeddodd Mrs Ifans y drws roedd yr hen wraig yn dringo'n drafferthus i lawr o'r droli.

'Tim!' gwaeddodd Mrs Ifans. 'Ry'ch chi wedi dod o'r diwedd!'

'Wel, wel, Tim,' meddai Tom Ifans a oedd wedi croesi'r buarth atynt erbyn hyn, 'roedden ni'n dechre meddwl na welen ni byth mohonoch chi 'to, fachgen.'

'Shw mae, Tim,' meddai'r cochyn gan wenu.

141

Edrychai Tim a'i hen fodryb yn syn wrth glywed yr holl gyfarchion hyn. Yna gwelodd y llanc Megan yn sefyll ar ben y drws. Roedd ffedog fach, dwt amdani, gan ei bod wedi bod yn gweithio yn y gegin. Hongianai ei gwallt melyn yn rhydd o gwmpas ei hwyneb tlws, a chofiodd Tim y nifer o weithiau yr oedd ef wedi meddwl am yr union wyneb yma pan oedd i ffwrdd yn Glasgow.

'Dewch i'r tŷ i gael te gyda ni,' meddai Mrs Ifans.

'Na,' meddai Tim a'i lais yn siarp ac yn uchel—yn ddigon uchel i Megan ei glywed o'r drws. Ar ôl i'r 'Na' yna syrthio fel ergyd yn eu mysg, ni wyddai neb yn iawn beth i'w ddweud nesa.

'Rwy' i wedi dod i mofyn yr ebol,' meddai Tim o'r diwedd.

Edrychodd Tom Ifans ar ei wraig, yna draw at y drws lle'r oedd Megan yn sefyll.

'Ie, wrth gwrs,' meddai.

Yna daeth rhyw sŵn o'r drws a throdd pawb eu pen. Roedd Megan wedi codi ei dwylo at ei hwyneb a rhedeg yn ôl i'r tŷ. Ai crio yr oedd hi? gofynnodd Tim iddo'i hunan. Yna eglurodd Tom Ifans.

'Y . . . mae Megan 'ma wedi cymryd at yr ebol yn arw iawn, Tim. Mae hi'n treulio orie gydag e . . . ac fe fydd hi'n hiraethu ar 'i ôl e . . . er bod 'i mam a finne wedi'i rhybuddio hi y byddech chi'n siŵr o ddod i fynd ag e . . . gyda llaw . . . y . . . fyddech chi'n barod i' werthu e, er cofiwch, fedra' i ddim rhoi'i werth e i chi.'

Distawrwydd eto ar y buarth. Edrychai'r hen wraig ar Tim.

'Ble mae e?' gofynnodd Tim.

'Mae e lawr yn y cae dan yr ydlan fan hyn. Garech chi 'i weld e nawr?'

'Ie,' meddai Tim.

Aeth Tom Ifans, Gwilym a Tim i lawr ar draws y buarth. Roedd y ceffyl yn y glwyd yn eu disgwyl. Agorodd Tim ei lygaid led y pen. Beth oedd hwn? Doedd e erioed wedi meddwl y byddai'r ebol bach hwnnw gynt yn dod yn geffyl fel hwn! Ai mab yr hen gaseg oedd e? Doedd bosib! Roedd e'n uwch ac yn fwy lluniaidd o dipyn, er bod honno'n greadur digon arbennig. Ond hwn! Gwyddai Tim mai ceffyl gwŷr bonheddig oedd hwn . . . roedd e o frid uchel. Ac eto sut y gallai hynny fod?

Aeth yn nes at yr ebol perffaith. Cododd ei law at ei drwyn melfed, ond tynnodd y creadur ei ben yn ôl yn wyllt oddi wrtho.

'Mae e wedi tyfu'n geffyl ifanc, pert on'd yw e?' meddai Tom Ifans.

'Ydy,' atebodd Tim, 'mae hwn yn werth arian mowr, Mr Ifans.'

Ysgydwodd Tom Ifans ei ben. 'Mae'n debyg wir, Tim —mwy o arian na alla' i fforddio o dipyn. Ond rown i'n meddwl 'i ga'l e dipyn yn rhatach gan mai ni 'magodd e . . .'

Gwelodd lygaid gleision Tim yn edrych arno, ac fe stopiodd.

'Faint oeddech chi'n barod i gynnig amdano fe, Mr Ifans?' gofynnodd Tim.

'Rwy'n mynd i gynnig y swm y galla' i fforddio, Tim, ac rwy'n gwneud hynny er mwyn Megan, am 'i bod hi wedi serchu yn yr ebol . . . pum-punt-ar-hugain.'

Yr oedd y sipsi ar fin dweud wrtho nad oedd hynny ddim hanner na chwarter digon am y fath anifail, pan glywodd yr ebol yn gweryru'n isel, ac yna'n rhuthro'n ôl at y glwyd. Trodd Tim ei ben a gweld fod Megan wedi dod i lawr atynt. Nid oedd ef wedi clywed sŵn ei throed, ond roedd clust yr ebol yn feinach! Roedd ef wedi ei chlywed a'i hadnabod!

Pwysodd â'i ben dros y glwyd ac aeth Megan ato. Gweryrodd yr ebol yn fodlon eto, pan gydiodd yr eneth yn ei ben lluniaidd a phwyso'i boch yn erbyn ei drwyn.

'Y . . . rhaid i fi gael amser i feddwl am y cynnig 'na, Mr Ifans,' meddai'r sipsi.

'Wrth gwrs, Tim, fe gawn ni drafod y mater fory, does dim brys. Beth bynnag, mae gyda ni bethe pwysicach i'w trafod gyda chi nawr. Dewch i'r tŷ.'

A chyda'r gair cychwynnodd Tom Ifans i fyny'r clos serth.

PENNOD XVIII

Eisteddai teulu Dôl Nant a'r hen wraig a Tim yng nghegin fawr y ffermdy. Roedd Mrs Ifans wedi mynnu gwneud te ac yn awr roedden nhw i gyd yn yfed â rhyw swildod anesmwyth wedi disgyn dros bawb. Edrychai'r hen wraig o gwmpas y gegin â'i llygaid yn gwibio i bob twll a chornel fel llygod bach. Edrychai Tim ar ei gwpan, ond ambell waith hefyd fe daflai lygad ar Megan, ac unwaith fe'i daliodd hi ef yn gwneud hynny, ac am foment hir bu'r ddau'n edrych i lygaid ei gilydd.

Roedd yr hen wraig newydd fod yn adrodd ei stori drist am farwolaeth Duncan wrth Meri Ifans, gan awgrymu ei bod hi nawr yn dlawd iawn ac yn hollol ddi-gefn, ac os oedd gan Mrs Ifans ryw hen ddillad wedi'u bwrw heibio . . . Doedd yr hen Edith, fel sipsi dda, ddim yn mynd i adael i'r cyfle yma i 'fegian' tipyn fynd heibio heb wneud yn fawr ohono.

'Nawr 'te, mi a' i i mofyn y waled i chi, Tim,' meddai Mrs Ifans, gan godi ar ei thraed a mynd allan.

'Mae gen i rywbeth i Megan hefyd,' meddai Tim gan edrych ar Tom Ifans yn unig.

'O, a beth yw hwnnw, Tim?' gofynnodd Tom Ifans braidd yn syn.

Yn lle ateb, cododd Tim a mynd allan i'r cart. Daeth yn ôl ar unwaith â pharsel bach wedi ei lapio, mewn papur llwyd. Cynigiodd ef i Megan.

'Beth yw e?' gofynnodd yr eneth, heb estyn llaw i'w dderbyn.

Agorodd Tim y parsel. Gwelsant ddilledyn o ryw fath —un coch.

'Eich pwlofer chi,' meddai Tim. 'Fe'ch clywes i chi'n gweiddi ar y Sarjiant pan own i'n rhedeg lan y lôn ddwy flynedd yn ôl 'mod i wedi dwyn eich pwlofer chi. Rhag ofn eich bod chi'n credu o hyd mai 'i dwyn hi wnes i . . . rwy' i wedi'i chadw hi . . .'

Gwelodd Megan yn gwrido a stopiodd.

145

'O, mae'n ddrwg gen i,' meddai'r eneth. Cododd Tim ei aeliau. Megan yn dweud ei bod yn ddrwg ganddi! Teimlai fel gwenu, ond ni wnaeth. 'Fe ddwedodd Mam wrtha' i wedyn . . .' meddai Megan. Estynnodd Tim y pwlofer goch iddi eto. Ysgydwodd hithau ei phen.

'Chi piau hi . . . mae Mam wedi'i rhoi hi i chi . . .' Unwaith eto roedd hi'n gwrido'n goch.

Yna daeth Meri Ifans i mewn â'r hen waled yn ei llaw. Estynnodd hi i'w gŵr. 'Dwedwch chi'r cwbwl wrtho fe, Tom,' meddai.

Yna, â phawb yn ddistaw ac yn gwrando'n astud ar bob gair, fe adroddodd Tom Ifans yr holl hanes—am y ditectif rhyfedd hwnnw oedd wedi galw, ac am Mrs Ifans o'r diwedd yn mentro agor yr amlen bwysig ac yn dod o hyd i'r tystysgrifau oedd yn profi bod Tim Boswel yn fab i etifedd plas Bryn Brain, yn Sir Benfro. Dywedodd fod y dystysgrif priodas a'r dystysgrif geni yn profi hynny heb unrhyw amheuaeth o gwbwl. Soniodd fel yr oedd Walter Phillips, unig fab Bryn Brain wedi ei ladd yn y rhyfel, ac adroddodd yr hanes am fam Tim yn galw yn y Plas i geisio gweld y Cyrnol Phillips ac fel yr oedd hwnnw wedi gwrthod gadael iddi ddod i'r tŷ ond wedi ei gwylio drwy'r ffenest.

Wedyn soniodd am ei ymweliad ef a Meri Ifans â phlas Bryn Brain ac fel yr oedd yr hen ŵr bonheddig wedi dod i Ddôl Nant yn 'i Rolls Royce mawr i holi rhagor o hanes ei ŵyr, Tim Boswel, ac wedi sôn ei fod yn ystyried newid ei ewyllys a gwneud Tim yn etifedd iddo, yn lle mab 'i chwaer, rhyw ddyn ifanc o'r enw Rodney Langdon. Ac i orffen dywedodd ei fod wedi addo ffonio'r hen Gyrnol Phillips ar unwaith os deuai Tim yn ei ôl.

'Ac rwy'n mynd i 'neud hynny prynhawn 'ma,' meddai Tom Ifans, gan wenu ar Tim.

Eisteddai hwnnw mewn stwmp yn ei gadair. Yr oedd yr hanes a adroddodd Tom Ifans mor rhyfedd ac wedi dod mor sydyn a dirybudd fel na allai Tim feddwl yn glir o gwbwl. Beth oedd hyn oll yn ei olygu? Pa wahaniaeth oedd y newyddion yn mynd i'w wneud iddo ef? Fe wyddai o'r diwedd pwy oedd ei dad—gŵr bonheddig o Sir Benfro a oedd wedi ei ladd yn y rhyfel—ond doedd e ddim yn teimlo fymryn yn wahanol ar ôl cael y wybodaeth yma—Tim Boswel, y sipsi, oedd e o hyd. Ond roedd Mr Ifans wedi sôn am ewyllys! A oedd hyn yn golygu fod yr hen Gyrnol yn mynd i adael ei blas a'i dir a'i arian i gyd i Tim? Oedd, roedd Mr Ifans wedi hanner awgrymu hynny. Ond beth wnâi ef—Tim Boswel, y sipsi—â phlas mawr yn Sir Benfro?

'Dyna chi, Tim,' meddai Meri Ifans, 'dyna chi wedi ca'l yr hanes i gyd. Wn i ddim a wnes i'n iawn i agor yr amlen . . . ond rwy'n meddwl do fe, oherwydd nawr ry'ch chi'n gwbod pwy y'ch chi a . . .'

'Pwy ydw i?' Torrodd Tim ar ei thraws.

'Wel, ie, Tim,' meddai Mrs Ifans wedyn, 'ac os ydy Cyrnol Phillips yn mynd i newid 'i ewyllys, meddyliwch am y gwahaniaeth mae hynny'n mynd i'w 'neud i chi! Fe fyddwch chi'n ŵr bonheddig uwchben eich digon, Tim!' Gwenodd Meri Ifans yn dirion arno. Yn dawel bach fe deimlai gryn falchder mai hi oedd wedi dod â'r holl ffeithiau i'r golau—y ffeithiau oedd yn mynd i wneud Tim Boswel yn ŵr bonheddig cyfoethog—dim ond iddo gael siwt newydd . . . a bàth, falle . . . cyn bod yr hen ŵr bonheddig yn dod . . . Roedd yr hen Edith wedi bod yn gwrando mor astud â neb ar y stori oedd gan Tom Ifans i'w hadrodd. Wel, wel, meddyliodd, yr oedd Sara Boswel wedi'i gwneud hi! Roedd hi ei hunan wedi priodi teiliwr ond roedd Sara wedi cael mab y plas! Ond roedd pethau rhyfedd fel yna'n digwydd amser rhyfel, meddyliodd. Ni allai hithau chwaith amgyffred y gwahaniaeth roedd y newyddion hyn yn mynd i wneud i fywyd Tim, a thrwyddo ef i'w bywyd hithau.

'Fe fyddwch chi'n aros ar y comin heno nawr, wrth gwrs?' meddai Tom Ifans.

'Rown i wedi meddwl . . .' atebodd Tim.

'Wrth gwrs,' meddai Tom Ifans, 'mwy na thebyg y bydd eich tad-cu—y Cyrnol Phillips—yn dod ar unwaith . . . ar ôl ca'l y neges gen i heno . . .'

Ei 'dad-cu'? Roedd yr unig dad-cu y gwyddai Tim amdano wedi marw ar y comin ar lan yr afon ddwy flynedd yn ôl.

'Fe gewch chi gysgu gyda ni, Tim, os licwch chi,' meddai Mrs Ifans.

(Dim cynnig i'r hen wraig! Yn dawel bach roedd aroglau mwg tân coed ac aroglau tybaco ar ddillad honno wedi mynd o gwmpas cegin lân Dôl Nant ac ypsetio tipyn ar Mrs Ifans.)

'Dim diolch,' meddai Tim gan godi ar ei draed. Yn awr yr oedd yn awyddus i fynd oddi yno. Roedd e eisiau cyfle i feddwl yn hir ac yn dawel wrtho'i hunan am yr holl bethau roedd e wedi'u clywed.

'O'r gore, os oes well gyda chi'r garafán . . . y . . . dyma'r waled yn ôl i chi, Tim. Chi pia hi nawr. Gofalwch amdani, cofiwch, waeth mae 'na bapure pwysig gyda chi fanna,' meddai Tom Ifans.

Yna roedd Tim a'r hen wraig wedi dringo eto i ben y droli ac roedd y cochyn wedi mynd gyda nhw i fyny hyd hanner y lôn â'i law ar ymyl y cart bach.

Fe gyrhaeddodd y Cyrnol Phillips, Bryn Brain, fuarth Dôl Nant yn ei Rolls Royce mawr, llwyd, yn union am ddeg o'r gloch fore trannoeth. Ar unwaith roedd yr hen ŵr bonheddig yn ddiamynedd eisiau gweld ei ŵyr. Eglurodd Tom Ifans iddo y byddai yn ei garafán ar y comin bach gerllaw'r afon. Yna roedd y Cyrnol ar bigau'r drain eisiau mynd yno. Bu raid i Tom a Meri Ifans fynd gydag ef yn y car mawr heb wastraffu dim rhagor o amser. Nid oedd Meri Ifans erioed o'r blaen wedi bod mewn Rolls Royce. Roedd e'n brofiad rhyfedd iawn. Llithrodd y car i fyny'r lôn yn esmwyth, fel pe na bai un twll na rhigol ynddi o gwbwl. Symudai mor llyfn. Yna roedd e'n llifo'n ddistaw dros y bont. Cyfeiriodd Tom Ifans â'i fys at y darn comin islaw'r bont a throdd y car mawr yn urddasol i lawr gydag ymyl yr afon.

'Ond . . . !' meddai Tom Ifans, gan edrych yn syn. 'Meri! Dy'n nhw ddim yma!'

'Ddim yma! Ond fe ddwedodd Tim . . . ' Stopiodd yn sydyn. Beth oedd Tim wedi'i ddweud? Ni allai gofio.

'Ble maen nhw, Mr Ifans?' gofynnodd yr hen ŵr bonheddig yn gecrus.

Agorodd Tom Ifans ddrws y car mawr a cherdded allan i gyfeiriad y comin. Roedd ôl olwynion y garafán yn ffres yn y borfa. Fan draw gallai weld rhyw ddilledyn coch yn cael ei chwythu gan y gwynt. Mewn man arall yn ymyl yr afon, hen esgid wedi hen ddadfeilio. Dim byd arall ond olion tân ar lawr y comin, nad oedd yn awr yn ddim ond pentwr o ludw. Aeth Tom Ifans at y pentwr llwyd. Gosododd ei law yn y lludw; roedd e'n gynnes o hyd. Aeth draw at y dilledyn coch. Hen bwlofer plentyn ydoedd.

Aeth yn ôl wedyn i'r car i ddweud wrth yr hen ŵr bonheddig fod ei ŵyr wedi troi ei gefn ar fywyd moethus ei dad a thad ei dad, ac wedi dewis dilyn pobl ei fam a'r hen Alff Boswel o gomin i gomin, o bentre i bentre ac o sir i sir.

Ar ôl deall beth oedd wedi digwydd, yn lle ymfflamychu fel arfer, bu'r hen ŵr yn myfyrio'n ddistaw am amser hir yn ei sedd yn y car mawr. Yna gofynnodd yn sydyn i Tom Ifans,

'Fyddwch chi'n darllen barddoniaeth ambell dro, Mr Ifans?'

Edrychodd Tom Ifans yn syn arno.

'Wel . . . y . . . bydda . . . weithie, syr . . . ond . . . y, wel . . . mae Meri . . . Mrs Ifans 'ma yn cymryd mwy o ddiddordeb na fi . . . a dweud y gwir, on'd y'ch chi, Meri?'

'A!' meddai'r dyn bach yn feddylgar eto. 'Beth oedd

enw'r bardd 'na fuodd farw ryw saith mlynedd yn ôl
. . . ganodd gân am sipsiwn, dwedwch?'

'Eifion Wyn?' awgrymodd Meri Ifans.

'Ie, dyna fe. Sut oedd e'n dweud, y'ch chi'n cofio?
Rhywbeth fel hyn . . .

> "Ond heddiw pwy ŵyr ei hynt?
> Nid oes dim ond deufaen du
> A dyrnaid o laswawr lwch
> Ac arogl mwg lle bu."

'Rwy'n cofio'r pennill yna. Rwy'n meddwl mai fel'na
mae e'n mynd. Ydych chi'n gyfarwydd â'r penillion
'na, Mrs Ifans?'

'Ydw. Rwy' i wedi'u dysgu nhw ar 'y nghof rywbryd.'

'Fedrwch chi adrodd rhagor wrtha i nawr?'

Ysgydwodd Mrs Ifans ei phen, ond dywedodd ddarn
o bennill serch hynny.

> 'Nid oes iddo ddewis fro,
> A melys i hwn yw byw,
> Crwydro am oes lle y mynno ei hun
> A marw lle mynno Duw.'

Gwelodd ben yr hen ŵr yn mynd i fyny ac i lawr fel
pendil cloc.

'Diolch i chi, madam, diolch yn fawr . . . "A melys
i hwn yw byw, Crwydro am oes lle y mynno ei hun . . .
a marw . . . lle mynno Duw".' Doedd ei lais yn ddim
mwy na sibrwd wrth iddo ddod i ddiwedd y pennill.
Roedd y llygaid glas, glas, wedi cau. Yna, gan eu hagor
yn sydyn, dywedodd mewn llais crynedig,

'Wyddoch chi, pwy sydd i ddweud nad yw'r hogyn
wedi dewis yn ddoeth wedi'r cyfan?' Gwelodd Meri

Ifans wlithyn gloyw yng nghornel llygad yr hen ŵr, a dywedodd, 'O, fe ddaw'n ôl 'to rwy'n siŵr.'

'Daw, wrth gwrs,' meddai ei gŵr, 'mae'r ebol gyda ni o hyd.'

Ysgydwodd yr hen ŵr ei ben. Yna gwnaeth arwydd ar y *chauffeur*, a chychwynnodd y car mawr ar ei ffordd yn ôl dros y bont i gyfeiriad Dôl Nant.

Fe ddaeth Tim Boswel yn ei ôl hefyd; ond stori arall— i'w hadrodd rywbryd eto—yw honno.